LOCUS

L O C U S

LOCUS

LOCUS

catch

catch your eyes ; catch your heart ; catch your mind……

catch 29

幸福鈴

張珮琪(Peggy)／著
責任編輯：韓秀玫　美術編輯：何萍萍
法律顧問：全理法律事務所董安丹律師
出版者：大塊文化出版股份有限公司
台北市105南京東路四段25號11樓
讀者服務專線：080-006689
TEL：(02) 87123898　FAX：(02) 87123897
郵撥帳號：18955675　戶名：大塊文化出版股份有限公司
e-mail:locus@locus.com.tw
www.locuspublishing.com

行政院新聞局局版北市業字第706號

總經銷：北城圖書有限公司
地址：台北縣三重市大智路139號
TEL：(02) 29818089 (代表號)　FAX：(02) 29883028 9813049
製版：源耕印刷事業有限公司
初版一刷：2000年9月28日
定價：新台幣180元
ISBN 957-0316-03-9
Printed in Taiwan

國家圖書館出版品預行編目資料

幸福鈴
=Happiness Bell
張珮琪著.--初版.-- 臺北市：
大塊文化，2000[民 89]
面；　公分. --　(catch；29)
ISBN 957-0316-03-9 (平裝)

857.7　　89000218

幸福鈴

Happiness Bell

張珮琪（Peggy）◎著

目錄

前言

以前每當我看到「三生有幸」這句成語時，總是既欣羨又懷疑，真的會有兩個好朋友，依約以嬰兒的微笑來相認，繼續在三生石上賞風吟月的情誼嗎？

想不到我終於親身體會了這種「此身雖異性長存」的約定。

這事發生在我和表妹小櫻櫻之間。

爸爸是長子，櫻櫻的媽媽也就是我的小姑，是么女；我是家中的長孫女，而櫻櫻則是我們這一代最小的小孩。所以我和櫻櫻也就差了二十幾歲。

我第一次看到櫻櫻的時候，她才兩個月，被她那個時髦又騷包的老媽放在一個粉紅色的小提籃裡「拎」到我們家來。

小姑說名字裡有個「櫻」字，兩個「貝」加上「女」字，意思是指很寶「貝」很寶「貝」的「女」兒。

小姑這名字的確取得不錯，櫻櫻很得人疼，是大家的寶貝女兒。

而我對她，又有一份很不一樣的情懷。

我第一眼望見櫻櫻時，才兩個月大的她就一直衝著我笑，一副很懂事的眼神，嘴裡還咕嚕咕嚕不知囉唆著什麼。

也不知爲什麼，那一刻我看到的彷彿不是在搖籃裡才兩個月大的小小嬰兒，而是一個認識多年的老朋友，而且還是個我很尊敬的朋友。

等她大了點，也沒多大啦，還只是個剛滿一歲的小娃娃，說也奇怪，她總是不喜歡叫我「姊姊」，總是愛直接稱呼我的中文名字「珮琪」，家裡的長輩糾正過她幾次，她也不理，反正她就是要叫我「珮琪」，就好像稱呼一個很好的朋友那樣。

不過存在我們之間的確是有種不可言喻的感通。

她還未滿一歲，連爸爸媽媽都還叫不清楚的時候，我們兩個就可以在電話裡聊上二十幾分鐘，她媽媽說她總是拿著無線電話筒在家裡走來走去，聽我說了些什麼，然後一本正經擠眉弄眼思考著回答。

因爲小櫻櫻屬牛，我用碎花布做了隻粉紅小花牛給她，她把小花牛放在自己睡覺的床頭，還常常對著牛叫「珮琪」。

家裡的人聽到這檔子事都笑說，這是改編版的「對牛彈琴」。

更蠢的是，聽到小姑的描述，我感動得眩然欲泣。

平常我不太喜歡家人到我的房間，當然她是例外。

我的書桌和書櫥間放了張粉彩畫，那是一大片月夜的海洋，有個小女孩和海豚在嬉戲著。

我沒把畫掛在牆壁，而是靠在地上。

因爲我看書的習慣不太好，比較常坐在地板上看，而且總是攤了滿地的書，這本看兩句，另外想到其他相關的，又從書架上掏出來翻上幾頁。

有時候看著看著，更是趴在地板上像在一堆書上游泳似的東瞧西瞧。

這個時候，窩在地板上看著那一張畫，整個房間好像就回到了畫裡的那個海洋一樣。

那個對我意義深遠的海洋。

小櫻櫻每次到我的房間，總是滿臉羨慕的對著那張粉彩畫裡的海豚說：「魚啊，你在游泳嗎？」

她現在也剛滿兩歲，很喜歡聽故事，我決定把這張粉彩畫的故事告訴她。

把那個海洋和那條魚以及小女孩的故事告訴我這麼要好的朋友。

不過這個故事得要先從一條很有名的巷子和一棵很奇妙的玉蘭花樹說起……

玉蘭花，鋼琴，和幸福鈴

不知道你有沒有聽說過這樣一條巷子，一條在半山腰上的巷子，還算有點名氣，大概可以歸類是鄉鎮區公所範圍，地方小報般的名氣。

那條巷子的人以「熱愛夏天」聞名，即使是在那種令人呆滯的亞熱帶豔陽下，柏油地的騷熟氣味迎面撲來，這條巷子的鄰里，肯定還是會告訴來訪的客人：一年之計在於夏。

因爲，整條巷子的人在夏天共同擁有一大棵玉蘭花。

如果你的常識不差，可能你會知道，玉蘭花總是在五月先開個訊息，能夠延續兩個月的花季就是很了不起的事了。可是，這條巷子底，那棵有三層樓高的玉蘭花樹，總能喧喧嚷嚷地鬧到九月初，學生們開學後，這才罷休。

也因此在整個夏季，當土地被刺眼的陽光，薰得軟弱無力不知如何是好時，土氣和空氣都攪在厚重的高氣壓裡；只有這條巷子捲在玉蘭花香中，陪同陽光發酵，那種甜蜜的味道讓人不知不覺感到滿足起來，好像幾個月沒有飽餐的人，在剛出爐的麵包店前深呼吸，感受到「活著，眞好」是一樣的道理。

照常理講，這麼一大棵三層樓房高的玉蘭花樹，早就該被花商覬覦包養，因爲它的花量足足供得起方圓數百里馬路上所有玉蘭花小販兜售，而那筆收入也夠普通人家一年還算富裕的過著日子。

怪就怪在那棵玉蘭花的主人，情願讓玉蘭花一瓣瓣開到像巴掌大，將別人家的院子一間間染香起來，也不願一朵朵還未開的玉蘭花苞，就這樣不明不白的被計算起價錢來。

很少有人知道那個玉蘭花的主人姓什麼，大家都稱這位大概有八十好幾的老太太「玉蘭花奶奶」。

玉蘭花奶奶常會叫她那心不甘情不願的孫女，摘些花送給籬笆外尋香而來，屢屢踮足彈跳仍空手的陌生人。

玉蘭花奶奶只是很單純地不喜歡原本飄著玉蘭花香的巷子，轉而塡充著鈔票的味道。

爲什麼我會知道那麼多玉蘭花奶奶的事？眞巧，因爲我就是那個爬著梯子上上下下摘著玉蘭花，老被叫做「玉蘭花奶奶她孫」，那個心不甘情不願的孫女。

◇

其實玉蘭花樹原先只是種在花盆裡，大概只有剛上小學的孩子般大小，它是媽媽送我的第一份禮物。

而現在放在客廳角落裡的鋼琴則是媽媽送我的最後一件禮物。

我對這兩件禮物的情感，就像現在這棵三層樓高的玉蘭花樹底部——是這般盤根錯節。

先說這棵玉蘭花樹吧。

當初，我剛出生，在取名字的時候，是奶奶先在某個電視影集上看到一個也是剛生下來的小天使，名叫 Peggy，因此我就先有了英文名字，叫 Peggy。奶奶希望我能和那個小天使一樣，只要動動鼻子，就能把想要的東西變出來，希望我的人生心想事成，輕鬆得到所有我想要的。

我的幾個姑姑翻了字典，找到兩個玉字旁的「珮琪」，直接將Peggy音譯，爺爺突然覺得很好，就說取「謙謙君子，溫潤如玉」的意思，爸爸媽媽也覺得很好，就這麼定了我的中文名字。

當時，奶奶還道起古經說：「謙謙君子，溫潤如『玉』也是「玉」蘭花名字的由來。」奶奶常說「玉蘭花」在她的老家可是種珍貴植物。在大一點的城市，玉蘭花還是時髦小姐、有錢大學生的裝飾品。一串大約五朵，有人別在旗袍領的包釦上，或是用碎花繩結起來當個項鍊掛；更多的是結在隨身提著或背著的袋子上，碎步揚起總是搖得滿街的玉蘭花香，這可是洋香水和本地花露水都沒得比，也調配不出來的清香。

「玉」蘭花之所以不叫白蘭花而取名「玉」，在老家長一輩的人說法是，那種白不是搶眼的艷白，香也不是嗆鼻的俗香，就採「謙謙君子，溫潤如『玉』」之名而名之。中國人又常常將「蘭花」喻爲君子，也是德性的象徵，「玉」蘭花當然更是君子中的君子，因此拿玉蘭花來供佛的人家也不在少數。

聽過奶奶的「闡述」後，媽媽就買了這盆玉蘭花樹，放在我房間的陽台上。

◇

從買玉蘭花樹這件事，就可以看出媽媽是個很甜蜜又細膩的人。我一直認爲她有時候浪漫得無可救藥，不知道是不是因爲健康狀況不太好，所以有時她還蠻會自得其樂的，或者說是苦中作樂可能更貼切。

媽媽在我認識她這個人開始，就是個完全的藥罐子。我總是怕她那一身的藥味，會隨著咳嗽一口氣全都丟在我這個小小朋友臉上，當時我還沒有細菌的觀念，只是覺得那氣味是苦的，不像糖那麼討喜。

而醫生護士好像也不愛見到媽媽偶爾來抱抱、親親我，總是要她戴上口罩；不知是否這原因，媽媽很少講話，不過我知道媽媽常常很用力的看著我，那種灼灼的眼神在一張遮了口罩的半邊臉上更容易讓人有壓迫感，連我背對著她都可以感受到。看到我有點害怕的模樣，她總是說著同樣的話：「媽媽很想記住妳的樣子！」

大概也就是在媽媽要開始長期戴著口罩，上醫院次數增多的那個暑假，爲了應付她越來越常不在的日子，我開始去鄰居家學鋼琴。說也奇怪，我總是能很準確的抓到媽媽偷偷來看我上鋼琴課的片刻。雖然她是在老師家門口遠遠的望著在客廳上課的我，可是我總是能從黑得發亮的鋼琴蓋子上，瞄到母親隨著節奏搖頭晃腦遠遠反射的影子。

有一回，我終於忍不住問了媽媽，爲什麼總要我學鋼琴？「因爲妳就可以比別人容易聽到幸福鈴喔！」媽媽把我抱在膝蓋上緩緩地說著。

◇

幸福鈴是一個很久很久以前，很美麗的傳說。

傳說中的幸福鈴是藏在一座深山裡，有人說幸福鈴有一整座山那麼巨大；也有人說幸福鈴是一股不可思議、不具形體的金色能量中心；還有人說，當你握住幸福鈴時，就好像是在手上抓住了彩虹，你會知道幸福鈴眞的存在，可是卻不知如何告訴別人它的存在。

雖然它的形狀莫衷一是、眾說紛紜，甚至像是盲人摸象兜也兜不起一個全貌。但是當你聽到幸福鈴的聲音時，你就是會知道，那是幸福鈴的聲音。

那是一種極具震撼力的聲音，你會不由自主的全然放鬆，但又是很專注地和幸福鈴的頻率共振，並且深深地觸及到自己內在的力量，你所有的痛苦和疲累都在那一刻被洗淨，你知道了眞正的喜悅與活力。

有的農夫傳說，在春分的日出時刻，如果聽到幸福鈴聲，那一年就會五穀豐收利潤豐富。

還有人說，在婚禮上如果聽到幸福鈴被敲響，這肯定是門龍鳳呈祥婚姻美滿的好親事。

總結各個傳聞，總之幸福鈴的每次敲響，不絕於耳的回音就會牽動悠揚深遠的富饒與幸福。

那個下午，媽媽拉著我的手，兩個人作勢好像彈著一台隱形的鋼琴，她還說：「媽媽知道妳一定會抓住幸福鈴聲！」

我仰頭看著口罩上頭媽媽灼灼的眼神，我們母女倆還沒放棄的彈著我們倆才看得見的鋼琴。

我笑著問媽媽：「幸福鈴可能只是一個傳說、一個故事，或是一個想像啊？」

媽媽自己站起來邊彈著她的虛擬鋼琴，還跳著華爾滋的轉圈說：「只要是我們想像得到的事情，都存在於宇宙的某個角落！」

「不是宇宙給了妳看到的世界，是妳的想像力和宇宙共同創造了這個世界。」

「如果幸福鈴是想像的又怎麼樣呢？幸福鈴現在根本不存在在這個世界上又怎麼樣呢？」

「妳還是可以和宇宙攜手將溫柔燦爛的幸福鈴帶到這個世界上來，讓更多的人因爲妳美麗善良的想像而受益！」

而我就這麼聽著，可是有點超出我的理解範圍。

就在那一次幸福鈴的故事討論過後，也到了暑假尾聲。媽媽幾乎就全天候的待在醫院了，每次我去看她，總要聽她嘟噥著：「老師說妳很有天分喔，媽媽幫妳買台鋼琴好不好！」

不知道爲何，聽到這些話時我眞的沒有什麼興奮的感覺，因爲老覺得鋼琴老師好像是到了快收學費的時候，就猛讚說我是個有天分的學生。

開學後，我眞的得到了一台鋼琴，卻失去了母親。

而聽他們那些大人說，媽媽嚥氣前，交代的就是給我買台鋼琴這麼一件事。

爸爸

不知道你有沒有試過？在一個家庭中談話時小心翼翼不要提到「媽」這個字，那將會是怎樣的生活？

我記得和爸爸就這樣沒有協定卻很有默契的過了那一年。

那一年，絕對是我這一輩子和爸爸見面最多的時間。

因爲工作長年在外的爸爸，在這一年特地請調回離家最近的單位。

每天早上爸爸牽著我上學時，總能聽到鄰居太太們交頭接耳窸窣地說：「眞是，他以前可是坐著直昇機往上爬的，這一請調不是等於提早退休呦！」

「一個大男人怎麼照顧好小孩呢？」

有時候放學早回家，還有更古道熱腸的歐巴桑會邊插腰邊用食指使勁地戳我的太陽穴說：「看你以後怎麼還你爸爸喔！」

說實話，我並不很明白爸爸關這群女人什麼事，自己家的小孩不管，還硬往我身上送這種「陌生人的母愛」。

我只知道我得要表現得很快樂，對著她們微笑示意，然後快步地走回家，省得這些女人老問我一些誰洗衣服誰煮飯的拉雜小事。

有時候我實在很想大吼：「妳們這些三姑六婆難道沒有其他正經事好做了嗎？」

我眞的可以破口大罵，但是想到她們可能會覺得爸爸是怎麼了？教出這麼沒教養的小孩？所以我也只是想想而已。

◇

在那一年裡，印象中只有那麼一次，我和爸爸差點快要破戒，說出「媽」這個字。

那是好久沒洗頭的我，頭髮臭到連自己都聞得到，可是以前都是媽媽讓我在洗手檯前站在小板凳上幫我洗，我自做主張心想可能爸爸是男生不會洗頭，手忙腳亂地自個兒在浴室搬桌搬椅打點起來。

剛把洗髮精在頭髮抹上半罐，一頭栽進水盆裡，個子不夠一個踮腳，板凳也拐個腳，就這樣在廁所鏗鏗鏘鏘，桌子、椅子、水盆、牙膏、牙刷、連人，全都跌在地上。

被聲響招引進浴室的爸爸看著滿頭髮泡沫的我，只說了一句：「啊，以前幫你洗頭的是……」

我們兩個同時都做了個「媽」字的口型，但到了嘴邊也都收了口。

我們想起了同一個人，不知爲何卻又很有默契，開始學習把這個人當作祕密。

爸爸拿了張有靠背的小椅子，讓我安穩坐著，他幫我洗起頭來，我想和爸爸說聲謝謝，但還來不及，他就沒停的說著對不起：「爸爸這個臭男生怎麼沒想到要幫你洗頭，眞是對不起喔！」

我還是很想說聲謝謝，不過接下來一大盆一大盆的水弄得我滿嘴的泡沫，就再也沒機會說出口了。

洗完頭那天的夜裡，我醒來到廁所去，聽見樓下的客廳竟然有聲響，還以爲有小偷進來，躡手躡腳的踩著樓梯的前端向下探望著，結果竟然給我瞧見白天還幫我做了一個勞作小燈籠的爸爸「面無表情」的坐在沙發上，胸前抱著媽媽的大照片。

斜照進客廳的亮晃晃月光，打亮那張平常掛在客廳一角的照片，但在爸爸身後的月光，就只給了陰影在他臉上。

這也是我生命中第一次期待聽見幸福鈴的敲響，好讓爸爸那稍見蜷曲的背脊能挺直起來。

◇

就在那個亮得出奇的夜晚後沒多久，住在山上的奶奶突然來家裡，她和爸爸用一種很慢但夠用力的語氣跟我說：「妳就快有個新媽媽了」。

奶奶彎下腰來問我：「跟奶奶來山上住好不好？」

我沒有看她，眼睛卻斜望著爸爸。

爸爸沒有正面對著我，只聽得見他說：「對不起，爸爸要調到別的單位去了。」

我最不喜歡聽到別人對我說「對不起」，也一直都不明白爲什麼說「對不起」是有禮貌的表現？那不是擺明了就是做了什麼「對不起」別人的事情嗎？

我情願別人讓我可以說聲「謝謝」。

我特別不想聽到爸爸對我說「對不起」。

我的頭突然痛了起來，有那麼一剎那大腦一片空白。

接著我的耳朵聽見自己的嘴巴說：「我可以把鋼琴搬到奶奶家去嗎？」

但這好像不是我嘴巴想問的問題。

奶奶

我就帶著一台鋼琴，還有陽台上的玉蘭花盆栽搬到奶奶家去。

奶奶將玉蘭花樹的花盆去掉，改種在院子中央，還特地從別的山上運來肥沃的泥土，她說這樣玉蘭花樹會生得美，開的玉蘭花也會特別的香。

是在種這棵玉蘭花樹的時候我才知道，奶奶覺得我這麼剛烈的個性，恐怕爸爸夾在我和新媽媽中間，裡外都難顧好，再加上新媽媽是職業婦女，奶奶認爲我去跟她住比較有人照顧。

剛搬到奶奶家時，我心裡的某個角落還是相信，總有一天爸爸會把我接回家，爸爸只是一個粗心的臭男生，他有一天會像想起幫我洗頭一樣把我接回去。

但是一天又一天對著斜掛在玉蘭花後方的落日，我關上推起來嘎嘎響的大門，也忘記到底是哪一天，我突然眞正清楚跟奶奶住在這個山腰上是一個事實了，我不過就是在自己騙自己。

也是從那天開始，不知道爲什麼我就再也不碰鋼琴。

奶奶總是好說歹說：「這鋼琴可是妳媽媽臨終前唯一交代的事情喔！」她也從來沒有勉強我一定要彈，但聽她老人家這麼一說，我的內在就會翻攪起很多的罪惡感，我會勉強自己走到鋼琴前面。

但是只要一觸及到那塊覆蓋鋼琴的紅底黑絨布，我就開始想找東西吃，要不然就是跑出去買些根本也不急著要的文具，或是拿起電話打，反正就是沒辦法坐在那台鋼琴前面。

黑鋼琴從此就這麼待在客廳，永遠只能磨蹭著冰冷的地板。

爸爸和新媽媽來也會提到要我多碰碰這台鋼琴。

他們大概每兩個禮拜會來奶奶家一趟。

新媽媽是個美式作風的人，她並沒有要我一定要稱她爲「媽媽」，只要求我把她當成一個朋友看待。

反正叫她媽媽我也不覺得有什麼損失，從第一天起我就很習慣這個稱呼。

媽媽有很多名言，像是「人是唯一沒有資格說無聊的動物」、「包括老人，每個人都要爲自己的生活有不有趣負責任」，還有什麼「女人可以不要會做菜，但是一定要會點菜」……

雖然聽她高談闊論蠻有意思的，但我很清楚，很多內容奶奶聽起來是很刺耳的。

因此每次她和爸爸好不容易一塊來的時候，打過招呼後我就不知道該說些什麼。

有時候看著爸爸媽媽從茶几翻出厚厚一層灰的老照相簿，認眞的整理我小時候的照片和亂丟的獎狀，我常會觸動心裡某部份的感覺，但仍然走不過去加入他們。

我甚至害怕和爸爸媽媽坐在同一輛車上，那種寂靜甚至會讓我們討論到天氣，那似乎是唯一的共同話題。

我常在想，爲什麼我跟爸爸媽媽這麼的「不熟」？

如果我完全不在乎他倆也就算了，可是我卻又「不巧」開啓了一個隱然久在的等待。

◇

有那麼一陣子，我不是很喜歡上學，大概又是累積了太多作業沒繳，不敢去學校，就聲稱膝蓋痛得走不了路，奶奶也樂得讓我窩在家裡休息，反正只要我待在家裡，她都很高興，即使曠課她也不覺得是什麼天大的壞事。

沒想到老爸竟然派了兩個部下到家裡來。

原來他以為我走不了路，要兩個人撐著才能到醫院去。

當然我們三個人到醫院也檢查不出膝蓋有什麼毛病。

那兩個一胖一矮的叔叔很緊張，在醫院門口商量該怎麼辦。

最後竟然很「天才」地帶我去看牙醫，補了幾顆蛀牙才「敢」回去跟老爸交差。

胖叔叔不知道是緊張還是肥的緣故，拿著手帕猛擦汗，還不時問我：「妳爸在家也很兇嗎？」

我像是聽到世界奇蹟般地反問：「他對你們很兇嗎？」

矮叔叔很機靈，有點像是打圓場的跟我解釋：「妳爸爸兇我們是應該的，他也要求自己很嚴格啊，而且他罵人又很幽默，我們作屬下的雖然被罵，但都很服氣就是了。」胖叔叔還搞不清楚狀況地補上一句：「每次夫人來都勸他，時代不同了，帶人的方式要改改啦！」

「你說的夫人是我媽嗎？」我有點不熟悉的問道。

「是啊，是啊！」矮叔叔連忙應答，然後硬生生用力拍了一記胖叔叔的肩膀，要他少開口，還給他一個「別不知死活」的白眼。

我又興致勃勃地問了一些爸爸和媽媽的事情，他們倆個都「餵」給我一些類似爸爸「罵人很幽默」這種明擺著就是狗腿的答案，但我還是聽得很樂。

我這才發現，對於爸爸媽媽的一切，我其實很好奇，很想多知道一點，即使是灌水的消息都好。

我甚至會開始想像和爸爸媽媽在一起的畫面，但是想想又覺得自己有點蠢，就用小指頭當作橡皮擦頭，將我的影像從畫面裡抹去。

不過這次之後，我就再也不會無故賴課，因爲和寫作業比起來，被抓去看牙醫補牙齒，不見得比較划算。

◇

賴課是不會，但是不愛寫作業的習慣倒是從來沒有改善過。

每天晚上快到睡覺的時候，我才開始想到要寫作業，然後一邊寫一邊罵：「什麼低能的作業，什麼爛老師、爛校長、爛教育部長，作業那麼多……」

奶奶總是一臉好笑的看我寫作業，不知道是不是所有的祖母都像奶奶這樣老王賣瓜!?因爲奶奶每次都站在我這邊，如果我不愛寫作業，那一定就是那個老師有問題，那個老師不懂得因材施敎，讓她的天才孫女不會自動自發的寫作業。

奶奶眞的是怎麼看我怎麼滿意，對我的照顧也細膩到無微不至。

早上習慣早起的她，爲了怕吵醒還窩在被裡的我，總是要在她自己房間東摸西摸個一陣子，才到廚房沖杯牛奶，好讓不喜歡吃早餐的我在上學前趕緊灌下。

冬天天氣冷的時候，她總要把我的被子作成個小窩，看我鑽進去後手腳不會在棉被外晃蕩，這才安心回房睡覺。

只是不曉得爲什麼，奶奶總是不喜歡我參加學校的任何旅行。但是她也不會正面的反對我參加，總會淡淡地說：「我們祖孫倆也相依爲命了這麼些年……」，然後就開始咳嗽。

一方面我會覺得有點好笑，暗想：「拜託，又來這套！」可是聽她這樣說，我還是會有個疙瘩，心裡揪著厲害，自己就自動知道該怎麼做了。

但是每天只要睡得早的奶奶上床後，我就會偷偷跑到院子，爬上已經長成三層樓高的玉蘭花樹。接近樹頂的位置，總讓我以爲可以看盡這一區所有的房子，而每戶人家的屋頂，在這樣亮晃晃的夜裡，活脫就是溶在一起的巧克力磚，我數著那一間間可以辨識出來的燈火，卻想著一格又一格的巧克力裡頭，到底口味是甜的還是苦的？

而且在玉蘭花樹頂的位置，我可以讓一顆腦袋撥出樹葉的重重帷幕，那是我想到唯一能脫離玉蘭花「籠罩」的所在。

此刻，我就像一個勇敢的海盜，駕著玉蘭花樹這麼一大艘海盜船，航行在星辰的時光

忘記開花的樹

今年的氣候好像眞有點轉性。這棵每年不忘在春末就開始招搖的玉蘭花，到了現在快放暑假了卻仍不開花。

沒有玉蘭花香的夏天，赤烈烈的熱氣容易夾雜著幾絲心浮氣躁。

今天更是怪，平常固定早上八點打電話給奶奶請安的爸爸，到了晚上八點奶奶就寢時，電話卻都還沒來。

就在奶奶要踏進房門的時候，電話響了。

果然是爸爸沒錯。

但是原本歡歡喜喜接電話的奶奶，在掛完電話之後就不斷拄著拐杖，在客廳裡走動，急速的扣扣聲，在地板焦慮的打著節奏。

她好像想跟我說些什麼，但話到嘴邊又吞了回去，最後還是忍不住唸了起來：「妳說有這種事嗎？」

「什麼事？」我根本不明就理。

奶奶一臉義憤塡膺地說：「妳媽已經可以提前辦理退休，她說她要出國唸書，學校也已經申請好了！」

奶奶繼續大義凜然地說：「她要出國唸書連提都不跟我提一下，就自己先辦好了再說，這算什麼啊？」

這眞奇怪，因爲爸爸常說他和媽媽都退休了就要接奶奶一塊住。

反倒是奶奶老是在說什麼「啊！不習慣啦」、「到時候再說啦」，要不然就是「捨不得老鄰居，還有家裡這棵玉蘭花樹！」

可是我知道其實奶奶還是很想跟爸爸媽媽住在一塊，只要爸媽開口勤些，態度再積極點。因爲老人家就是這樣，要他們改變環境，幾乎都要帶點強迫的方式。

「那爸沒有要媽來接妳一塊住嗎？」這眞的是我很大的疑問。

「有啊，妳媽不願意啊！妳媽說什麼她想要爲她的志願活一次！」奶奶氣嘟嘟地說著。接著又說了一些像是「現在媳婦是都太好當了是不是？我們以前當媳婦的時候哪是這樣子的當法啊！」之類的……

啊！我已經沒有辦法專心聽她講什麼了，我的頭又開始痛了起來。

一方面理智上我是應該支持媽媽追尋她自己的理想。特別是一個女性，在傳統的大環境下，她還能夠注意到自我成長已是不容易，更是値得鼓勵的。

但情緒上，我憤慨的程度也不亞於奶奶。

和我相同年齡出國讀書的人比比皆是，反倒是媽媽這種類型的老留學生是少有的，如果眞要有人出國的話，那也應該是我，不是媽媽吧！

我不平的思索著，是不是因爲爸爸媽媽覺得照顧奶奶本來就是我的責任，所以他們可以問都不問我一聲，自由的去做他們想要做的事情呢？

我氣得太陽穴的地方像火山般跳動得很厲害，耳朵又聽到奶奶在碎碎唸：「妳媽這個做媳婦的，如果有妳爸一半孝順我就好了！」

我更是一口氣貫穿腦門，用盡每一分力氣對著奶奶大吼：「爸如果眞在意妳的話，他早就接妳去跟他住了！」

話一衝出口我就後悔了，我知道這可是一記傷透人的舌箭。

看著奶奶一句話也不說，不停的咳嗽，轉身往自己的房間，拐杖砰砰地敲著地板，拖曳著佝僂的背。

掩門時傳出來的不是咳嗽聲。

那是遲遲的……遲遲的嘆息。

側耳細聽，我也聽到我的內在有許多虧欠在激辯。

但到底是誰欠誰一個人情，還是誰該向誰道歉，卻怎麼也「聽」不清楚。

我走到院子，三步併作兩步地爬上玉蘭花樹去。

或許在玉蘭花樹頂我可以比較釐清，爲什麼我們這些好人，卻要像蚯蚓一樣纏縛在一起。

◇

這一天是一個有著昏黃上弦月的夜晚，巷子裡不斷傳出門戶砰然開闔的聲音，每盞玻璃窗後沈沈的燈光，再悶上石頭路面白天未艾的熱氣，任誰都或多或少摻著些許心不甘情不願的情緒，都很容易從心底遙遠空洞的處所，自然而然地蔓延開來。

加上玉蘭花開花的季節又要到了，這一刻好像整條巷子開始醞釀起玉蘭花濃郁的香氣，眞確地彷佛可以倒數計時，空氣中的氧氣好像也快要被花香稀釋掉了。

「這個世界上到底有沒有幸福鈴啊？」

在這煩悶的夏日夜晚，腦海中交錯著這個古早的疑問，坐在樹頂的我拍了一下玉蘭花樹的莖幹發洩悶氣，將樹葉搖晃得像西北雨散至地面，末尾莖幹兜著還搖墜的的葉片點啊點的，這麼一大叢的玉蘭花樹稀哩嘩啦的前後搖擺，像個悶不吭聲的樹人在點頭。

我卻嚇得猛抓著身後的樹枝。

因爲……我的右前方竟然出現乳色蛋白光澤的雲彩。

更奇怪的是這片雲彩竟然像霧一樣染到我身上來。

我一直撥一直撥，想把雲彩划開，卻怎麼也揮不去。

我似乎是向樹的正中心掉了下去，只有頭頂的上弦月一直在雲彩的上方護翼著我。

地心引力的加速度，一度讓我有種快變成風箏飛起來的幻覺，我不自覺的張開雙手，讓風吹拂過身上的每個毛細孔，身體越來越放鬆，呼吸更加深沈平穩。

我就像一片把生命權力交給風的羽毛，聽從煞不住的速度，昏沈地飄進某個召喚我的國度。

尋錶

當我恢復意識時，已經在柔軟的沙灘上，一個全身光溜溜大概四、五歲左右的小女孩正蹲在面前盯著我。

「天啊，她一定是個天使！」我心裡想著。

雖然沒有翅膀，可是她的那雙腿眞的跟天使好像喔。

從前我就注意到，所有天使的畫像，可愛的天使都有對火腿，而且還是隱約數得出來好幾節肉的那種。

從那雙腿看來，她的確是個天使，不過腿可以粗得那麼可愛漂亮，眞的也不容易。

那張臉可長得精緻了，眞可說是「天使臉孔，魔鬼身材」。

一雙圓圓的眼睛，眼角翹起，掛著一對捲捲招人的眼睫毛，眼珠黑得好像裝滿了整片海洋，就是那種很單純又好像很有智慧的眼睛。

她好像很喜歡蹲著，就這樣兩手托著腮幫子，定定的看著我。我心裡噗嗤笑著，惡毒地下了結論：「難怪腿會粗囉！」

等到力氣稍微夠坐起身來，正想開口，「小天使」卻又轉過身去……我費些神才看清楚那是一隻海豚，她和那隻海豚比個OK的手勢，應該是這個不盡職的「小護士」跟她的朋友說明我的狀況吧。

看看她的背影，實在是有點好笑。

那個小屁股實在夠翹，像個粉紅色小桃子的嫩屁股，比起尿布廣告的小屁股都有看頭。

「不要再玩了啦，快回來幫忙！妳在偷懶對不對？再不回來，妳……妳……妳就去跳樓好了！」只看見海豚頂著他圓潤的大鼻子，沒好氣的對著「小天使」叫囂。

聽說海豚是個性最好的動物，我終於知道為什麼了。因爲他們的聲音實在沒有本錢發脾氣。頻率和汽笛一樣尖銳，又和一秒鐘一百個字的打字速度差不多，罵什麼都好像光速一樣咻的過去，只會讓人有聲音很難聽的印象，沒有辦法注意到批評的內容，還是少發些脾氣比較可以藏拙。

「報告老大，這裡只有一層，沒有辦法跳樓！」小丫頭馬上頂嘴回去，還露出賊賊得逞的眼神，雖然得意自己的機智，可是又好像知道理虧似的，搖著粉紅色小屁屁跌跌撞撞的跑回海裡去。

他們開始在海面上上下下，一下鑽進水面又跳出來，活像兩個失控的彈簧在海洋裡頭打奶昔，我彷彿置身在一個超大會冒泡的噴水池中。

「喂！你們在幹嘛啊？」我實在是忍不住了。

小女孩爬到海豚身上趴著，懶洋洋的喘著氣說：「我們在找一隻手錶啦！」

「從傍晚找到現在，還沒找著呢！都是她啦，光顧著玩，不肯幫忙！」海豚抱怨著。

我心裡想海洋那麼大，像他們這種找法，會找到才怪呢！哎，兩個小白癡！

「是一隻金色的手錶，妳要幫我們找嗎？」小女孩用那種討奶嘴的可憐樣對我說。

「很漂亮的手錶，是那種要上發條的，今天下午才剛上的發條。」

「很準喔！」

「走起來還滴滴答答響！」

「而且還防水。」兩個人你一言我一句的跟我說著這隻手錶。

我腦筋裡只是不斷浮現著這手錶大概只有整個海洋億萬分之一大小的畫面，像他們這樣大海撈錶實在很不科學。

我一直認爲蠢並不可恥，可是很蠢就很可恥。雖然不關我的事，卻還是忍不住脫口而出：「我知道如何找到那隻手錶。」

「眞的？」海豚和小女孩異口同聲地說道。小女孩原本還在海豚的身上溜滑梯，聽我這麼說，竟一下子從海豚背上滑到我面前來。

「是，相信我，我是念理工科系的，而且我高中的校訓還有『科學』兩個字。這對我來說簡直就是小意思。」我很有把握的揮揮手，好像有光榮歷史的牧羊犬在搖尾巴。

「現在呢？」小女孩已經開始不耐煩了。

這樣月光灑灑的夜，少了他們兩個的「攪拌」，整個海面早已恢復平靜。

「你們就跟著我一樣做喔！」

我把耳朵貼在海面上，他們兩個亦步亦趨的跟著照做，我還做出「噓！不要講話！」的手勢，兩個小傢伙也會意的點了點頭。

過了半晌，「滴答……滴答……」的聲音，隨著海水灌進耳膜！

「耶！耶！耶！」我們三個一同發出勝利的歡呼聲，又馬上做出「噓！小聲點」的手勢。

三個人豎起耳朵，慢慢的朝滴答聲走去。終於在一個大石塊的後邊，找到這隻手錶。

「啊，成功！」我們三個在好不容易安靜下來的海面上開始狂吼。

我把金色的手錶像傳球一樣地丟給小天使。

「這不是我的，這是海豚的手錶啦！」她像碰到個躲避球，轉身又把手錶傳給了海豚。

「海豚要手錶做什麼呢？」我飄在海面，一肚子的霧水，海豚沒有手，怎麼戴手錶？

原來牠用兩隻「鰭」接住小女孩的傳「錶」，又順勢將金黃色的手錶塞進胸口，海豚原本白皙的前胸，現在隱約從裡頭散發出黃昏般的餘暉。

整個人看起來身價不凡的「黃金海豚」向我解釋：「這是我們這裡的一個訓練，或者說是功課比較恰當！」

「我們這裡的人都要學習傾聽自己內在的聲音，所以連手錶都設計成用『聽』的。」

「嗯……非常有趣，這樣洗手會比較方便。做日光浴也不會晒出手錶的痕跡，哈，眞的很有趣。」其實我被搞得更糊塗了，這樣的手錶或許比較適合盲人吧？這地方實在很奇特，我又不想被他們當成鄉巴佬，就客套客套算了。

「對了，妳到這裡來做什麼啊？」小女孩閃著一雙大眼睛問著我。

「我來找一個東西！」

「什麼東西啊？」

「妳聽說過幸福鈴嗎？你們知道哪裡可以找到這樣東西嗎？」我熱切的問著。

小女孩和海豚對望了一眼，看他們的表情，我覺得好像是白問了。

過了半晌，海豚像個外交官般愼重地回應了我的問題：「我沒有聽過幸福鈴呢。」

緊接著又說：「可是，我知道到哪裡可以找到這樣東西。」

海豚島

「喏，妳看！就是那裡，那裡就可以找到妳的幸福鈴！」海豚指著接近地平面的一個海島，那個島的形狀好像一個跳躍起來的海豚。

海豚繼續說著：「那裡就是『海豚島』！」

「海豚島很特別，所有妳想要的東西，都可以在海豚島上找到！」

「怎麼可能？」我是一個受過嚴格理性訓練的人，這種「海豚話」叫我如何相信？

「是眞的啦！」海豚和小女孩齊聲說道。我突然覺得海豚說話的聲音很像個小嬰兒，這更讓我懷疑要相信他倆「無忌的童言」嗎？

「妳可以自己決定要不要去，我們只是把知道的告訴妳，如果妳因爲聽我們的話，而傻傻的跑去，妳只不過是把自己生命的力量交給別人，這不是我們樂意見到的事。別忘了，妳可以練習聽妳自己內在的聲音，那才是完完全全屬於妳力量的來源，別人搶都搶不走！」

海豚還指了指胸口的黃金手錶。

「可是要怎麼聽內在的聲音呢？」我又不是這個國度的人，我怎麼可能懂他們的「規矩」和「功課」？

「說眞的，每個人的方法都不一樣，不過大致上，妳要讓自己安靜、放鬆才聽得到，因爲內在的聲音總是像悄悄話，要專注的聽。」

聽了海豚的解釋之後，我還是一頭霧水，不知從何揣摩，於是就在海面上仰泳漂浮著仔細推敲，可是實在很累，連想都不想想。

這時只聽到海浪輕緩的節奏，空氣中都是海水清新的味道，再加上海洋輕擁拍打著，眞是立體享受的大海三重奏。

我瞇眼瞧著海平面上的海豚島，滄海茫茫，月光皎皎，整個海豚島就像是塊發光的美玉，溫潤迷濛地在寶藍色的海面上搖蕩，突然間……

我嚇得翻過身來，嗆了好幾口水。

海豚和小女孩緊張地問著：「怎麼了？要不要緊？」

我緩一緩氣說：「我大概知道你說的內在的聲音是怎麼一回事了……」

「剛才模模糊糊的，突然有一種強烈的感覺，或許說是直覺比較恰當，又好像有人把一個很平安溫暖的訊息『送』到我心裡，我覺得那個島眞的跟我很有關連……」

「你知道我的名字是怎麼來的嗎？」

「我中文名字取兩個玉字旁的『珮琪』，就是取『謙謙君子，溫潤如玉』的意思！」

「我剛才遠遠的看海豚島，眞像是塊美玉，接著就有好多訊息流入我的心裡，說不出來，就是有種感覺，我的內在好像在低吼，讓我有種非要到那個島上看看的莫名情緒！」

「可是，這種感覺正常嗎？我怎麼知道我想的到底對不對呢？是不是錯覺呢？」

海豚抿抿嘴說：「發展傾聽內在的聲音，最有效的方法就是照你得到的訊息採取行動，只要不造成傷害，就勇敢去做，越來越熟練後，妳就越能和內在的聲音有良好的連結，妳就越來越清楚在什麼時候該做什麼事。」

小女孩也來發表意見：「而且你知道嗎，名字很奇怪，它好像是宇宙透過親人給自己的一個符號，很多屬於這個名字的內涵都會在人生中慢慢的顯化出來，也是屬於上一代給下一代的祝福和美意，這樣不是很棒嗎？」

其實在談話的這段時間，我是已經決定要去海豚島看一看，反正閒著也是閒著，可是想到我的游泳技術，還有那個在地平線「那一端」的海豚島，我實在腿都軟了。

我對海豚央求著：「我會游泳也會換氣，可是以前在學校考游泳時，曾經創下二十公尺游四十秒全校最慢的記錄……你，你可以載我去海豚島嗎？」

海豚倔強地搖頭說：「我不會載妳去海豚島，那樣好浪費我的時間喔！」

我心想，這個忘恩負義又自私自利的傢伙，虧我還幫他找到手錶，一點知恩圖報的誠意都沒有，我有點想罵髒話，可是一下子又想不出來比較適合的髒話……

旋即，我被海豚的尾巴彈到空中……

還沒弄清楚怎麼回事，只聽到海豚尖尖的聲音從遠遠的海面傳來：「雖然我說不『載』妳去，但我可沒說不把妳『彈』去海豚島。」

當我回過神來，已經摔落在海豚島上了，還好這是一片柔軟的沙灘。

鮫人

在島上沙灘邊有一個村落。

大概我「降落」時聲響太大了，最靠沙灘邊的平房走出一對男女來。不知道是不是他們很習慣外來客被「空投」至此？總之他們很熱情的邀請我到他們家，並且問我怎麼會到這裡來？

「我來找幸福鈴。」我忙著左顧右盼又不得不回答問題。

這房子仔細看是磚造的，屋頂則是瓦做的，就是普通農家的景象，靠窗的角落，放了一台紡織機模樣的器具，但是仔細一瞧，上頭織的卻是一粒粒豆大的……

啊！是珍珠！

是乳白光輝裡閃著粉紅色調的頂級珍珠。

他們大概看出我的驚訝，解釋道：「我們是世代居住在這個海邊的『鮫人』……」

「長久以來，『鮫人』就以諳水性聞名，根據村子裡老一輩的傳說，我們的祖先，以往總是在海裡和陸地上各居住半年，因爲水居如魚，大家就稱呼我們爲『鮫人』……」

「也因爲常常海裡來浪裡去，很容易在牡蠣和貽貝中採到珍珠，因此也以編織珍珠被維生。」

話雖如此，我還是很驚訝這些珍珠的數量！珍珠多到用來織被單！

「請問這些珍珠被要用來做什麼啊？」

鮫人說：「這些珍珠被是給小嬰兒蓋的，我們這裡有一個習俗，村民都相信這些粉紅色的珍珠被，可以帶來愛與平靜，對於小嬰兒有保護作用，特別是發燒、感染疾病、煩躁的孩子。它有撫慰的作用，對於懶得喝奶的孩子也很有效。」

喔，了不起，眞是萬能神丹呀！我看這裡的嬰兒，或許不用媽媽，只要有珍珠被就好了。

不過當我看到那一方柔軟、細膩、粉紅光澤的小被單，似乎也就可以理解爲什麼了！或許鮫人是大海的兒女，而珍珠可以不斷的提醒他們那個平靜、安寧以及清涼的故鄉。

「對了，妳剛才提到了幸福鈴是吧！」

「是啊！你們知道哪裡可以找到這樣東西呢？」

「嗯……」

他倆陷入長考，我怕又要沒指望了。

這對夫妻互望了一眼，似乎在溝通什麼，最後由先生發言：「我們是不知道幸福鈴的任何事情，不過如果妳願意的話，我們想跟妳談談我們鮫人的故事，應該對妳尋找幸福鈴，會有很大的幫助。」

我點點頭。

原來鮫人居住的這個村落本來就盛產珍珠，而且在靠近岸邊的淺水海域就很好尋得。可是每隔幾年，不明原因的，有很多近海貝類會突然整批整批的消失。

由於珍珠對酸或是潮溼的環境很敏感，很容易就失去光澤或是變黃，本來就不如其他的寶石好收藏，所以比較大一點嬰兒用過的珍珠被單，鮫人們也都將他們丟回海域，所以完全沒有珍珠被單積存下來。

也不知道是心理作用還是其他不知名的原因，只要是珍珠減產的那一年，偏偏村裡新生的嬰兒就特別多，夜裡、白天就只聽到嬰兒哭聲不斷，讓人心疼又心煩。

這時候，鮫人們只好到較遠海域去，因爲那裡的鳳凰螺應該還是找得到珍珠。

但是之所以會有鳳凰螺保存，是因爲附近海域有個不小的漩渦，相當危險。

出發前去的鮫人們很少全部平安回來的。

多戶人家失掉去採集珍珠養家的壯年子女，回頭來還要憂心怎麼養活家裡的新生兒。

鮫人們世世代代祈求不要再過這種掉眼淚的日子。

結果，鮫人村落眞的得到奇蹟似的改變！

從此鮫人的確也不會再輕易掉眼淚了！

「那珍珠到底從哪裡來呢？」我實在是很好奇，而且這個珍珠的產量還要很大！

「就這樣……」鮫人先生打了個哈欠，中斷他的講話。

「天啊！」我驚聲尖叫了起來。

原來鮫人先生打哈欠時留下的眼淚，竟然……

一顆顆都是珍珠！

這個故事到這裡稍微停了一下，大概因爲我需要一點時間平復我震驚的心情。

而鮫人夫婦也開始忙著撿拾掉落一地的珍珠。

「但是，我現在開始擔心……擔心我要找的『幸福鈴』會不會從我的胃裡吐出來，喔，天啊！那樣我眞的會受不了！」我苦笑著說。

「更何況，我也不能確定，到底有沒有『幸福鈴』這樣東西存在，或許她只是存在我從小到大的『想像』裡啊！」

鮫人夫婦兩拿了滿手的珍珠對我說：「『想像』其實很容易『靠近』妳的心……」

「妳應該有這樣的經驗，當妳和妳『想像』的東西在『想像』中交會時……」

「如果妳馬上回映到自己，那個時候通常妳會覺得自己的心，就是心口有那麼一種……愉快的舒暢，其實妳那個時候已經和自己的『心』眞實的在一起了。」

「因爲這個『想像』毫不受妳過去的信念、恐懼所束縛，在那一刻，妳是跟妳的心在一起，妳對妳的內心是忠實的。」

「更重要的是，就是妳的『想像』把原本不屬於這個地球的事物帶到這個星球，讓更多的人因爲這個東西而受惠、成長，所有偉大的創作不都是這樣嗎？」

然後我就沒有再和鮫人夫婦多談什麼了，因爲我需要時間咀嚼，類似的話，以前媽媽就跟我提過了，而我仍然不知道這些話對我的世界而言到底是眞是假？

但是我有一種很奇妙的感覺，雖然我們第一次見面，他們說的每一句話卻都彷彿與我心靈相通，就好像有些人，和他們相遇後，即使只是說上幾句話，總會讓自己感覺更有力量、更堅強，眞正認淸彼此的本質，眞實的心靈相契。不管他們是不是在我的身邊，我想這才是眞正的朋友吧！

想到這裡，我流下了淚。

鹹鹹的，哎，還是眼淚，要是珍珠就好了。

拉手娃娃

前面來了一堆數不清的小小黑娃娃，全都手牽著手，把路都擋住了。

仔細看這些牽手小黑娃，卻都是紙做的。

「嘿，你們是誰啊？讓我過去好不好？」

「我們是拉手娃娃呀！」一堆人在一起講話就會很像「喊」話。

「我們很有名耶，妳不要一臉碰到強盜的表情好不好！」

「我們常常出現在春節貼在門上的剪紙裡呀！」

「還有很多新房也會貼上我們喔！」

「大家都喜歡看到我們，看到我們就想到多子多孫。」

「我們代表了喜慶。」

「我們是團結力量大。」

「夠了！」我用「喊」的打斷他們。

「從來沒有人敎過你們，人多的時候，就要有發言人制度嗎？」

「而且少往自己臉上貼金了，大家房裡貼的都是紅色，哪有人喜慶貼黑娃娃！」

「算了，我怕跟你們講話，借我過行不行啊？」

「不行！啦！啦！啦！」一堆小黑人手拉手圍著我跳起舞來，我突然有種變成「祭品」的感覺。

「不管是黑是紅，我們都很『紅』！」

「很多民族會把我們編織到他們的衣服、袋子上。」

「還有好多陶器上也有我們跳舞的模樣，人類的彩陶文化就有呀，妳看我們『紅』了幾千年囉！」

「除非妳告訴我們來這裡做什麼，才讓妳過！」

「我爲什麼要告訴你們？別以爲你們人多喔！不過就是紙剪出來的，我可不怕你們！」
「跟我們說啦，我們去過那麼多地方，也在這個星球上生長了很長的歲月，我們一定比妳知道得多啊！」
想想也不無道理，別的不說，那麼一大票人，就像他們自己說的「團結力量大」，如果可以的話……
我開始放慢口氣謙卑地問：「眞的嗎？你們可以幫我個忙，幫我找『幸福鈴』嗎？」
「我們沒有辦法幫妳找『幸福鈴』啦……」
「但是我們可以幫妳『找出』……妳到底想不想找到幸福鈴！」
喔，眞是夠了，紙做的就是紙做的，終究是不夠牢靠。
我拉出一張厭倦的臉孔說：「我連自己要不要找都不知道嗎？別開玩笑了。」
「那可不！」
「每一個人的內在都有各種不同的角色，就像我們這一群拉手娃娃一樣多，甚至是更多。」

「詩人惠特曼曾經寫過：『我矛盾嗎？……我包含了無數個我。』那不只是因爲他是雙子座的關係，其實每個人都有這個部份。」

「就好像妳可能有一個花錢衝動的部份，只要讓妳逛街買些東西就覺得心情好多了。」

「當妳買了一堆顏色怪里怪氣根本不會擦的口紅，就只是爲了口紅的造型很美，或是開關設計很有現代感，可能妳另外一個小心謹愼的部份會不斷提醒妳，這些東西根本用不著，世界上還有難民吃不飽，沒法子上學，不如把這錢捐給世界救濟組織。」

「所以人才會搖擺不定。」

「或者陷入懷疑與掙扎當中。」

「甚至是充滿罪惡感。」

我深有同感的點點頭。

但光聽他們講話的口氣眞讓人發毛，連雞皮疙瘩都起來了。

我狐疑地問道：「你們講話的語氣怎麼越來越像我啊？有點噁心耶，連腔調和頻率都學我！」

「嘿！嘿！嘿！我們最會這招了！」

「我們最會拷貝別人！」

「讓她自己看看自己是什麼德行，嘻嘻嘻！」

他們一個個故意彎腰駝背、拉起一張怨憎的臉。

「拜託，我哪有那麼無精打采喔！好啦！別玩了啦！現在我要怎麼做呢？」我拉回主題。

「妳要學習聽妳每個內在的聲音。」

「喔！夠了！又來了，你們眞愛唱高調，告訴我具體可行的步驟吧！」

「當然，我們拉手娃娃就是要教妳如何跟妳的各個部份對話。」

「而且，眞的簡單得要命。」拉手娃娃信誓旦旦的向我保證。

金色鏡子

「妳先把這個眼罩戴上。」
「不可以偷看喔。」
「保持心情平靜。」
「深呼吸三次。」
「眞的不可以偷看喔。」
我照著他們的指引做了。
「好，我們現在把一面鏡子放在妳面前，不要偷瞄喔，偷看就會失靈了。」
「這是一面有神奇力量的鏡子。」

「它的邊邊鑲著金色框框。」

「大概有妳這麼高。」

「可以把人所有內在的部份『鏡照』出來。」

我感覺到面前有一片黑漆漆的東西擋住，大概就是鏡子吧！而且好像有好多拉手小黑娃在我面前跳來跳去發表意見。

「雖然妳閉著眼睛，但是妳還是可以從這面鏡子『看』到影像。」

「千萬記住，不管妳從鏡子上『看』到什麼，都不要把眼罩拿下。」

「好！現在妳仔細瞧，是『什麼』不讓妳找到幸福鈴的？」

「『什麼』跟『什麼』，一副我真的找不到幸福鈴的樣子喔！」眼睛雖然被矇住，我還是忍不住在眼罩後瞪了那些小鬼一眼。

結果在我面前鏡子的方向真的出現了一個模糊的影像向我走來。越來越逼近，最後就定在我面前。

「啊！」我嚷著躍起身來。

「妳看到什麼了嗎？」

我還是不能置信的高聲回答：「認識，她是十歲左右的我。」

我緩一口氣繼續說：「因爲她穿了一件綠格子的連身洋裝，全世界獨一無二的洋裝。」

「一件有膨膨袖的小洋裝，那是我的小姑姑做給我的。」

「我小時候常常在想，全世界大概只有小姑有那個本事，把一件膨膨袖的衣服作成那個德行。我穿去學校，同學都笑我是大象。那兩個袖子眞是膨的跟大象的耳朵有得比。」

「而且我的小姑很兇，是那種刀子嘴豆腐心的兇，她很有自信，一直覺得這件衣服做得很好，與其被她兇，被她念，我情願穿到學校丟臉算了。」

拉手娃娃一片嘩然，繼續說道：「注意聽聽看，那個她跟妳說些什麼？爲什麼她不要讓妳找到幸福鈴呢？」

我看到那個十歲的小女孩，喔，不，那個十歲的「我」兩手抓著裙腳，嘟著可以掛油瓶的嘴說著：「找到幸福鈴有什麼用呢？」

「她」一像是很怕有人插嘴，一句接一句不留空隙地說：「以前想要找到幸福鈴是因爲那樣可以讓爸爸不要那麼難過。」

「爸爸竟然黃牛，忘記來接我。」

「爸爸大概記錯了，我是爸爸的女兒，不是奶奶的女兒。」

說到這裡她終於停住不說了。

我「看」到鏡子裡的「畫面」彷彿像色調出了問題的電視機，整個都偏紅了。

她的眼、她的臉、甚至她身體的周圍，在全世界獨一無二的綠格子連身洋裝的襯托下，泛著幽幽的暗紅。

照理說，紅色是溫暖的顏色啊？

我卻覺得寒冷。

我從來沒有看過一個孩子，有那麼一張蘋果般的臉蛋，卻「裝」上一雙那麼憂鬱的眼睛。

那雙眼睛彷彿不是她的。

那是一雙空洞的眼睛。

那個我，小時候的「她」，嚥了一下口水，才那麼一下下，「電視機」就恢復正常。

彷彿她順帶地把剛才那些「問題畫面」一骨碌地呑到肚子裡面去了。

她又成爲一個可愛的小姑娘。

「那麼，然……然後呢？」我這才敢張開沙啞的嗓子結巴地問。

「妳不要講話，妳從來不聽我講話，妳不要說，妳聽我說……」

她像是好不容易爭取到麥克風的國會議員，猛烈的說著她的「政見」：「既然爸爸弄錯了角色，那麼我也不要讓爸爸太靠近奶奶，我要做到的是……」

「是我，我，我……我這個孫女在照顧奶奶。」

「我要證明是我，就是我，我才是個好人，爸爸是不對的，爸爸是應該被譴責的！」

「這些都不需要『幸福鈴』來幫忙！」

「『幸福鈴』來了搞不好還會壞事呢！」

她大概用盡了每個細胞的氧氣，開始坐著大口喘氣。

我的喉嚨開始覺得乾渴，但呑嚥口水時卻又不甚順暢。

我和「她」對望了一會，卻沒有能力和她說些什麼。

不知道爲什麼我甚至不想直視她的眼睛。

即使轉過頭去，都能夠感受到她那雙會吞噬人的黑洞。

彷彿只要多看她一眼，她就有能力抽離我一點。

我感到洩氣又疲倦。

我能夠嗅出，在某些方面，她的確凌駕了我，甚至企圖籠罩著我。

我只好虛弱無比又尷尬不已的轉述著小女孩的話給拉手娃娃。

我開始後悔爲什麼要聽拉手娃娃的建議，和這個「她」見面。

我甚至是討厭「她」，「她」讓我覺得自己好糟。

可是當我開始嫌惡「她」，卻越強化「她」的存在。

她好像有某種力量，即使不說半句話，不用眼神連接，也可以用「她」的「存在」反擊我的嫌惡，是我背叛了「她」，把「她」壓在心裡深不見底的地方。

我們就這樣不發一語，用沉默彼此指責。

我和我的拉手娃娃

才一會兒，「她」竟又窺見我方才躡手躡腳的心思，開始上足發條向我喧囂：「『嫌』我！妳……妳竟然敢嫌我！妳有什麼資格嫌我，是妳，就是妳，就是妳創造我的啊！」

我沮喪又手忙腳亂的對「她」回吼：「好，好，好，那『妳』倒說說看，爲什麼我要創造出『妳』呢？」

她像是好不容易逮著機會，師出有名的向我一波波的「喊」話：「因爲妳太痛苦了！妳忘記了嗎？」

「那時候媽媽過世的傷口妳還沒能力處理。」

「甚至對於妳的悲傷，妳連說清楚的能力都沒有！」

「而妳能想到的，最熟悉的方式，就是讓妳把所有內在的需求，完全轉向爸爸。」

「妳期待他把甚至連妳自己都不知道位置的缺口補好。」

「結果妳又落空了！」

「妳有太多超過負荷的無奈、無力，不知如何是好！」

「妳就創造出我來保護妳，不是嗎？」

好像不反擊一下有點對不起自己，我也吼了回去：「那『妳』不能用別的方式嗎？為什麼一定要用這麼『邪惡』的方式保護我？」

「她」似乎瀕臨崩潰，提高一個音階嚷起來：「『邪惡』？」

「妳竟然敢說我『邪惡』！」

「妳給了才十歲的我這麼龐大的任務。」

「我只能用我知道的方式來保護妳。」

「我怎麼會是『邪惡』？」

「妳創造我的時候，只教了我孤獨、寂寞、痛苦、愁眉苦臉、失落、罪惡感……」

「妳沒有好好跟我『談談』之前，我也就只能照妳舊的指示呆呆的繼續跑這些程式！用這些既定的程式來保護妳！」

「我可是妳的一零一忠狗呢！」

「還記得妳出水痘的那一次？」

「那可是我想盡各種方法才弄出來的『經典之作』！」

「讓妳以前沒長乾淨的水痘再發出來一次！我爲了什麼？就是怕妳難堪啊！」

對了，現在回想起來，那次眞的很奇怪。

我原先都好好的，結果爸爸和新媽媽結婚那天，一早起來，我就全身長滿水痘，而且長得滿臉像個下滿圍棋的棋盤，還是黑子的。

我倒是如願以償，可以光明正大不用去吃喜酒。自己一個人在家裡很高興的練習不照鏡子，直接目視鼻子上的水痘，數數看總共有幾顆。

第二天早上，本來要爬起床來「玩」水痘，順便撈一天病假，但水痘竟奇蹟似的全消了。

原來就是『她』搞的鬼。

大概是看見我和『她』的對峙，拉手娃娃們不再嘻笑，他們改而溫柔的對我說：「妳應該高興，妳已經看到她了！」

「她是妳創造出來的，有什麼解決不了的呢？」

「這是妳昨天以前創造出來的，為什麼要她來引領妳的今天？」

「千萬記得，妳才是賦予她意義的人。」

我知道拉手娃娃是好意，我也都認同他們現在說的每一句話。

可是拉手娃娃有點弄擰了我的感覺。

先前我是害怕沒錯，但是經過一呼一喊「怨偶」式的溝通後，這次的靜默中我一點也沒有不高興。

「水痘」事件還讓我有種虧「她」想得出來的好笑。

此時此刻，我反而覺得舒坦多了，真的，連肩膀裡頭的某條筋都覺得鬆了起來。

我曾經去醫院做過檢查，醫生說我的肩膀有點五十肩的現象。

雖然我向醫生點頭微笑說了謝謝，但是一踏出門口，我就在「呸」這庸醫，我連三十歲都不到，就有五十肩，眞是哪門子的蒙古大夫。

不過，我眞的做了好久的推拿、油壓、整脊、筋絡調整，每天早上作十次瑜珈貼地貓式動作，每星期作三次一個小時以上的有氧運動，只要能試的我都「長期」在試，我連考大學聯考都沒這麼認眞過，但還是轉轉肩就可以聽到嘎吱嘎吱響，好像那種很久沒有上油的門發出的聲音。

肩膀僵硬的情形一點也沒隨著時間改善，反倒是遭我唾棄的庸醫、蒙古大夫每隔一陣子就會增加一些。

我沒有研究過人的心理、情緒是否能夠這麼直接的影響到身體。

此時此刻，那個凍結的肩膀竟然有些許鬆弛、紓解，感覺眞好。

這是在我看到了一些線索後——

我之所以那麼受不了「她」，貶損「她」，覺得「她」邪惡的線索……

◇

不知道是因爲「孝道」對華人來說很重要，還是只要是人，都會有「天下無不是的父母」的惦念。

連我單獨面對自己眞實的情緒，只是想想而已喔，沒有說出來，也沒有害到誰，但一觸及到對父母有所「批判」的部份，馬上大腦就會習慣性地跳出「一些東西」，覺得自己怎麼可以這樣？實在是有夠丟臉、有夠難堪。

想到這裡，前一刻的舒緩又化爲烏有，細胞又一個個坐立難安，整個人「轟——」的惱了起來，思緒一直往下拉，全身都不對勁。

我很想找些東西來吃，反正只要不必再繼續這樣的對話方式，做什麼都好。

這一次拉手娃娃什麼也都沒說，反常地，他們只是拉起了我的手。

原來除了囉唆，他們還是貨眞價實的「拉手」娃娃。

即使矇著眼睛，我仍然可以感受到拉手娃娃一個個陸續牽成好大的圓。

我們繼續沈浸在靜默中。

好一會兒……短促的呼吸較爲開放起來，並且有著綿長的節奏。

拉手娃娃簡樸的舉動好像一首令人放鬆的搖籃曲，充滿愛意又溫柔的吟唱，平撫了我先前的不安與掙扎。

拉成的圓彷彿也盤起螺旋向上的力量。

我赫然察覺到單純的陪伴本身竟具有這麼強大的能量。

那是一種體己貼心的善意。

即使一句話也沒有說。

他們全心全意的陪伴讓我感受到無條件的被接受、被支持。

他們的穩定也讓我觸及到內在的和平與寧靜。

「謝謝，我覺得好多了！但……這正常嗎？是每個人都會這樣嗎？」我仍然很介意的問著拉手娃娃。

右手邊的拉手娃娃拍了一下我的背，又開始倚老賣老起來：「啊！別忘了，最起碼我們拉手娃娃的歷史就超過五千年，我們也是這樣走過來的啦！」

拉手娃娃並且怪聲怪氣裝出老態龍鍾的聲音配合他們超過五千年的「身價」：「其實現在妳在探索的這些歷程，也不是在批判父母，妳只是很單純的試圖了解妳的生命有著哪些烙印而已……」

原本皮得像野孩子的拉手娃娃，現在講起話來倒像是超齡的歐巴桑與歐吉桑。但這些話卻一語中的，和我內在的某些聲音開始相繫，我肯豎耳傾聽了。

「即使是同樣的父母同樣的養育，在不同的孩子之間也會有著不同的解讀，妳面對的，眞的就是妳的感覺啊，那爲什麼不讓『她』自然的流露出來呢？」

「如果妳就是任一些道德標準抹滅淡化自己的感覺，這只是把所有浮現的眞實情緒壓抑到心靈的更深處。除了新增的自貶自責自欺欺人外，原有的不滿怨懟仍然在內在某個見不得光的角落狂吼。沒有任何一個人會得到好處！」

「小笨笨，了解了嗎？」拉手娃娃又像哥兒們拍拍我的背，回復皮皮賊賊的笑聲。

我偷偷地想，拉手娃娃不說話時很溫暖，一開口就很犀利還有點賤賤的。

但仔細回過頭來看看，對呀！「她」又有什麼錯呢？

「她」不過是我內在對自己的一種忠實罷了！

「她」這個儍妞。

「她」這個實心眼的好朋友。

「她」可能已經和我現在的人生方向相左，但「她」是那麼竭盡所能的想讓我過得更好，免於受到傷害，雖然策略可能無效，甚至常常唱反調，有時更是具有摧毀效果，但「她」都已經盡力護著我了啊！

謝謝「她」這個小木偶用獨臂爲我擋著缺口外的洶湧波濤。

我終於知道如何定定的看著她。

雖然哭得眼淚鼻涕都糊在一塊兒，偏偏全身上下又找不到面紙，只差沒把眼罩摘下來擦，狼狽呀！

「她」似乎也體會到我的願意了解，也嗚咽了起來。整張臉不再那麼僵硬，看起來也比較不那麼委屈。

我們沒有再說什麼，就這麼對望著。

◇

拉手娃娃貼心的遞給我們一盒面紙。

我從眼罩的下方看見這些詭異的蠢蛋竟然給的是黑色的面紙。

心裡暗罵一聲討厭，但是又覺得他們實在是討厭得可愛。

不知道是黑面紙的作用，還是頭一回這麼「用力」地面對「她」——這個十歲的自己。

就在我用黑面紙抹起散落在臉龐的淚珠，鮫人的珍珠閃過我心靈的帷幕，淚珠和珍珠串起了在心扉閃爍的聲音。

就那麼一下子，自己突然變得堅強清楚起來。

好像此時此刻自己才正式的脫離嗷嗷待哺的童年，走出槍林彈雨般轟炸的十歲。

第一次「甘願」爲自己的成長負起責任。

開始把生命的權力交還給自己。

原來鮫人說的的確如實。

我突然發現，身爲一個人……我眞的是有「選擇」的力量。

不單只有用「想像」，我早就在用我的態度、我的想法、將我「要」的事物帶進這個世界。

就好像之前我「選擇」了忿恨疏離，我如願以償。

如果我可以告訴這個眼前啜泣的小女孩仇恨，我當然也能教給「她」圓滿。

我可以「選擇」永恆的喜悅富饒。

我更是可以「選擇」要找到幸福鈴。

我當然也可以「選擇」將「她」織進我人生的願景，向自己想要的前去。

我不是任天地擺佈的一顆棋子兒，我的確是我人生這一副牌的主打者。

我要作的就是告訴「她」現在該出哪張牌了。

我這個優雅的「橋牌手」，開始輕聲有禮卻堅定的告訴「她」：「謝謝妳的幫忙，妳眞的很厲害……」

「她」先是一驚，然後一臉捉狹、皮皮的看著我。

我心想「妳」這個傢伙還在得意，馬上要有新任務了，到時候看「妳」還有沒有時間皮！

但我還是，也的確是眞誠地說：「謝謝妳知道我很驕傲，並且用所有妳知道的正常或不正常的方式保護我，不讓我難堪……」

我繼續說：「但是我知道，只有在那些我深感不安的地方，我才會需要保護。保護可以防止心碎，但是也會與他人的距離漸行漸遠！」

「現在我已經夠強壯了，我想換一種新的方式，允許自己表達眞實的情感，和我的奶奶、爸爸、媽媽以及走進我生命中的人有更深的聯繫！」

「也因此請妳幫我這個忙好嗎？請幫我一起找到幸福鈴。」

坦白說，一時之間我也不知道什麼是新的方式，現在也沒有那個能力說淸楚，只是覺得那是細節，好像可以慢慢再討論。

她沒有再問些什麼，蹦蹦跳跳的又走回鏡子裡面。

「這個一〇一忠狗怎麼那麼好用啊？」我才自言自語說著，就感受到一股新能量的融合，一道新的力氣在我體內汩汩地流動，好像有些什麼在那兒發酵著。

原來是他們

好不容易把眼罩拿了下來。

還在揉眼睛時，就差點嚇得眼球都掉了下來……

「鏡子呢？你們把鏡子放到哪裡了呢？」我氣喘吁吁的反問。

十來個疊在一起的拉手娃娃露齒而笑：「本來就沒有鏡子，就是我們啊……」

我還是不能置信的問：「那我看到的是……」

只見那些小傢伙手足舞蹈的。

「每個人本來就有能力跟自己對話啊！」話才說完，他們就像小孩拿到糖得逞的向四面八方逃竄。

欠扁的表情配上可憎的黑嘴嘟嚷著：「打不到、打不到……」

月黑風高，這些小黑炭迅速融進每一寸夜色。

悻悻然但其實被騙得很甘願的我，還是忍不住在空中補了一句：「稀罕！」

「我還在想到哪裡去找人幫我把這面大鏡子搬回家呢！這下可省事囉！」

錦鯉國王

原來這是一個池塘。而且是一個中國式的池塘。

池泉內佈置了一片好山好水，整個池塘的周圍種了叢叢的桂花樹。夜風吹來，伴著水聲和淡淡的桂花香，坐在池塘旁的石椅上，看著池裡紅白、正紅、黃金各色的錦鯉在巖穴中穿梭，眞像看著一片正在滾動著的「活寶石」一樣，整個人的思慮也跟著清明起來。

不過，這池裡的錦鯉可就沒我這麼好福氣了，一個個都在長吁短嘆，特別是一隻頭上帶著金色皇冠、純白底上有紅斑紋的黃白錦鯉，臉色最是難看。

「你們怎麼了？有什麼事不開心呢？」我問那隻最靠近身邊的茶色錦鯉。

「喔，我們的國王心情很不好。」茶色錦鯉浮出水面嘟起嘴巴指著戴皇冠的錦鯉。

「自從當上國王後，他的心情就沒有好過。」隔壁的孔雀黃金錦鯉插嘴說。

「爲什麼？」我心裡同時覺得有點諷刺，枉費紅白錦鯉在日本代表了和平、富裕、靜思種種美意，還被視爲吉祥長壽的動物。

「應該說我們這裡的國王從來都很不快樂！」他們兩個開始你一言我一句的跟我這個外來客解釋起來。

「我們這裡每年都會舉辦一次選美比賽，冠軍錦鯉同時也會是這個池塘的國王。」

「錦鯉的花色、姿態都要講究，都是有學問的，比如像我這樣的孔雀黃金錦鯉全身好像孔雀色澤透亮的輪紋，可是頭上要沒有深色的陰影，花色才能算是濃淡合度。」

「所以評分的標準是，如果發現不合宜的地方就扣分，最後，扣分最少的錦鯉就當選冠軍。」

「喔，聽起來很有制度啊，那選美的冠軍應該高興才是啊，平常的辛苦不就都爲了這一天嗎？有什麼理由好不開心的呢？」我越聽越狐疑。

「問題是……」

「讓我來說好了。」這時錦鯉國王已經游到我的面前，剛才那兩條錦鯉像是知道多嘴似的，馬上噤若寒「鯉」，但是魚嘴還是不斷地在水面上上下下冒泡。

「我是比賽冠軍沒錯，我知道自己是沒有缺點的錦鯉……」

「我這一整年都努力將自己比較不完美的地方調整好，每天都不斷的問周圍朋友『你覺得我還有什麼弱點』，最後我得到了冠軍，我知道我沒有缺點……」

「但是我也變成一條沒有優點的錦鯉。」

「我一直在找自己的缺點，當別人說我怎麼怎麼不好，我相信他們，最後我也就忘記自己到底好在什麼地方。」他的滿臉愁容和他的皇冠眞是明顯的對比。

坦白講，我一下子也想不出什麼話來回答。

「啊！你不會懂的啦，你沒有參加過這種比賽，你不會知道我的苦處啦！」他這時又擺出國王的架子。

看著他那一圈圈紅色的花紋，我突然想起一件事，我開懷的笑了起來：「我又不是魚，我怎麼參加你們的比賽，可是我參加過別的比賽喔！」

「我唸書的時候常常要去參加作文比賽，得獎的作品都會貼在川堂上讓大家欣賞。」

「每次只要一張貼出來，大家都一定擠在我的作品前面耶。」

「幹嘛啊，奇文共欣賞嗎？」錦鯉國王一臉「肉麻當有趣」的表情。

「因爲我的那一篇文章都會像你的紅色花紋一樣，被評審老師改出一堆錯誤的地方，紅圈圈密密麻麻的塞滿整篇文章。」

「只要一張貼出來，總是有人會指著我的作文說：『爲什麼這個人每一行都有錯字，而且還有很多字不會寫，還要用注音符號，結果還可以得獎？』」

「你不會覺得丟臉嗎？」錦鯉國王悻悻地問。

「嗯，我的級任老師跟你有同樣的疑問，他每次在川堂上聽到別人這麼說，他就滿臉羞愧，低頭默默的走開，也不敢承認那是他學生的文章。」

「可是也不知道爲什麼？我就是覺得那些錯字都是小事，我有我自己說故事的方法，我有我獨特的方式來表達我的感覺，我知道我有跟別人很不一樣的特質和優點。」

「那種力量是從哪裡來的？妳知道嗎，妳在說這段話時，整個人就是很不一樣耶！」

錦鯉國王有點羨慕的看著我。

就在那一剎那我也突然和我「內在的聲音」接上線。

我突然有點明瞭，每個人體內這個「內在的流動」是這麼的有活力，又似乎是充滿智慧無所不知。

我熱切的看著錦鯉國王：「你們可以修改選美比賽的規定嗎？」

「怎麼說？」

「如果把規則改爲只要發現錦鯉的優點就加分，這樣大家就會努力去找自己的力量在哪裡，也會選出知道自己優點的錦鯉國王了啊！」

「對耶！」錦鯉國王開心的彈跳起來。

「我要去和我的子民宣佈這個新規定！」才說完，他就自顧自地游回池塘中心去。

整個池塘的錦鯉像跳彩帶舞一樣，在水面跳上跳下，那種勁爆的樣子，讓我相信鯉魚躍龍門眞不是蓋的，他們眞的可以跳那麼高。

錦鯉們馬上準備起新的選美比賽。

因爲錦鯉國王一分鐘也不想被他的子民們私底下嘲笑是沒有優點的國王。

我突然開始惱起來。

倒不是因爲錦鯉國王一聲謝謝也沒有對我說。

而是現在換我頭疼，錦鯉國王問我的「那種力量」從哪裡來？坦白說我知道我在拉手娃娃那裡知道我有「選擇」的力量，但是現在「那種力量」是什麼我也不是很清楚，還是我已經忘記了？

優雅夫人

道路的盡頭有一棟木造的房子，兩層樓裡還有個尖頂像是英國鄉村的農舍。院子裡頭有張大樹幹砍掉一半根部還留在土裡的原木桌子，一名中年女子坐在院子裡喝茶。

中年女子穿著一身棉布碎花洋裝，剪裁合宜，看得出腰身的弧度是特別量身定做的，她是那種你會不自覺稱呼她「夫人」的女士；不過戴頂寬邊的遮陽黑帽在這個有月亮的夜晚顯得有點突兀。

「夫人，您好！晚安，打攪您喝茶了！」我不自覺的用起維多利亞式的客氣，只差沒有拎起裙子，屈膝行禮。

「喔，沒關係，有什麼我可以幫忙的嗎？」

法。

「嗯，我正在找一個幸福鈴，您聽說過嗎？」

「幸福鈴啊，我們家有好多呢！」

「什麼？快帶我去看看！」我的兩隻手抓住她的衣袖搖晃，早已忘記禮貌兩個字的寫

她眞的是教養良好，不惱不火地擦著被我搖出來的茶汁，嘴角淺淺的笑著：「妳要不要先喝杯茶呢？喝茶時間可是我一天中最享受的時刻，我眞的不想被打斷呢！」

「如果不嫌麻煩，妳可以自己進屋裡參觀，我把那些幸福鈴放在二樓最裡面的走道底，妳不用客氣，只是屋子裡頭東西堆著多些，亂了點，可不要見怪。」

「謝謝！」謝謝的最後一個音還在空氣中，我已經衝進大門內。

只是，這……

怎麼會這麼像？

這棟房子外觀是英國式的建築，可是裡頭的擺設卻很像我五、六歲時住過的三合院。

不，應該說是一模一樣。

我一步一步地往前走，往這棟房子後門的一片亮光走去。

原來那是月光。

月光照在水泥地的中庭裡，透過敞開的後門闖進房間內。而這個後門和一般三合院的正門一模一樣，我像是被人用無形的繩子牽著，完全放棄控制力，習慣成自然地坐到那高起來的門檻上。

這一瞬間，很多我以爲自己都已經忘記的回憶，又排山倒海迎面撲來。

我已經忘記到底是五歲還是六歲，只記得那年媽媽身體狀況突然很不好，我們就暫時搬到鄉下住。

雖然說是養身子，可是每天媽媽都會把正院掃得特別乾淨，還會跪在水泥地上用抹布把地板抹上一回。

因爲我總愛坐在地板上看書。有時候是跪著，更多時候是趴在地板上。

我不清楚爲什麼會認識這麼多字，可倒是記得自己比較喜歡窩在正院，媽媽常會問我：

「爲什麼不到房間的椅子上坐著看？不是比較舒服嗎？地板硬硬的啊！」

坦白說，我當時也不是很確定知道爲什麼。

現在才明白是爲了外面那一大片稻田。

只要有風的時候，稻田會掀起一陣波浪，而正院就會撒滿了稻田的味道，那是一種跟草差不多的香味，我很喜歡拿「他們」配書，因爲「他們」和書的香味很像，還有點像媽媽爲了調養身子到田邊去摘的草藥，是會讓頭和身體都有種向外伸展而且清醒的香味。

可是，那時候的我只會結巴說著每次都不一樣的理由，還一副理直氣壯的樣子。

媽媽每次聽完，總會笑著說：「喔，是這樣啊！」

要不然就是狠狠地親我一下，盯著我說：「寶貝好棒喔，都有自己的想法。」

那些「高見」，我眞的一點都沒印象了，只記得我那種得意洋洋好像偉人的心情，還有，還有被媽媽擦得發亮的地板。

正院那個位置的好處還不只這些呢！

到了下午，我們住的地方總會下起雷陣雨，傍晚時，就會出現彩虹。

我會趕快找到一本故事書，那書裡提到在彩虹的末端有一缸子的黃金。

而那個彩虹就正好是我家大門的大小，正好不偏不倚地塞在正中間。

彩虹出現的時間總是很短，我都會趕快確定那個方向，在我的故事書標上記號。

當我記錄好，把書闔起來抱在胸口的時候，都覺得自己好棒，隔壁那些野小子就只知道到廟裡偷一元、兩元的香油錢，我才不把那些錢放在眼裡，我早就知道自己的財富在哪裡了。

一陣涼風吹來，坐在門檻上，我閉上眼睛，深深地吸了一口氣，努力地分辨風的味道……這裡面還有……還有一種……

對了，是芒果樹的香味！我跳起來站在門檻上，踮起腳尖向斜前方努力辨識。

果然，這裡也有一條馬路，兩旁種滿了芒果樹。

那個時候，每個星期三，媽媽總是騎腳踏車載著我，沿著產業道路，到附近唯一的一間國小。

國小裡管理圖書館的老師，答應媽媽每個禮拜來借還一些新書。因爲每次從報紙上郵購訂到鄉下來的書總是趕不上我看的速度，我就會開始吵，或是嫌郵差伯伯太慢。

那時候，我和媽媽說好，她騎腳踏車，我就負責提書。

我總是打著一個水桶，那種鋁做的水桶，上頭還有個木頭把手，把所有看過後該還的書塞進水桶裡，鏗鏗鏘鏘像敲鑼打鼓似的送到學校去。

實在是沒有辦法，那種水桶裝東西就是特別吵。可是其他的袋子又都不夠裝。

而且坐在腳踏車的後座，我得要一下把桶子放到右邊，再一下子把它提到左邊，要不然我的手會很酸。

可是這樣換來換去，重心也就不穩，媽媽騎的腳踏車就在這條筆直的產業道路上拚命的扭屁股，我的那一桶書就敲得更大聲了。

當然，回程的時候，總也不例外地再「打」一桶書在腳踏車上搖搖晃晃的提回家。

在回家的路上，大概是下午四點左右，我們都會碰上一輛破爛的公共汽車同時停在產業道路邊，接著就會看見車掌小姐從車窗探出頭來，抱著一個和我一樣的水桶，橫掛在車窗外摘芒果。

每次看到車掌小姐捧著整桶的芒果，露出佔到便宜的笑容，我也會跟著大聲笑出來。

我可以理解那種「抱著滿滿一桶」、「很飽很飽」的心情。

此刻，一圈又一圈的電流通過我的每一個細胞，像一大束震動的瀑布從體內傾盆而下。

那是一股屬於我自己的力量。

那些我散落在書裡、稻草香、彩虹、雷雨、芒果樹、水桶、腳踏車……的能量，正咯啦咯啦一點一滴回到我身上。

那是一種很單純和自己在一起的喜悅。

是因爲幸福鈴的關係嗎？

我飛快的跳上樓梯，一步步接近我的幸福鈴，核對我由來已久的疑問。

二樓

二樓走廊的盡頭，有一個西班牙式的原木櫥櫃。上頭擺滿了各種彩色細緻看起來禁不起宴客的瓷盤瓷碗。

「喔，是這樣的啊！」我看到櫃子倒數第二層擺了一排「幸福鈴」。

「是妳要找的幸福鈴嗎？」優雅夫人的聲音在我後方響起。

「我看妳進來了這麼久還沒出來，怕妳找不到，所以過來看看。怎麼樣？」

「如果不是妳想找的那種，最下面那層抽屜還有一些，妳打開來看看嘛！」她講起話來眞是細聲細氣，我想她就算是去看牙醫拔牙大概也可以保持氣質。

「這眞的是幸福鈴嘛？」我問。

那一排架子上，有五座餐鈴，是西方人用餐時，搖鈴示意用的。

這五座餐鈴，款式、顏色雖然不同，但上面雕刻的都是新郎新娘的造型。

「這是我結婚的時候，朋友送的，平常我也很少用，妳可以拿起來看沒關係。」

「他們跟我說這叫做幸福鈴，也有人說這是婚禮鈴，很多新人在行完結婚儀式後，家長會搖搖這個鈴，表示整個典禮完成。」她很熱心的爲我解釋著，並且順手拍拍櫥櫃上的灰塵。

「我可以搖搖這個鈴嗎？」我想聽到聲音大概就可以確定是不是眞的「幸福鈴」了。

我閉上眼睛，雙手握著「待查」的「幸福鈴」，身體緊張得微微顫抖。

「叮！叮！」聲音眞的好清脆，又不刺耳。

感覺兩層樓的所有空氣都翻攪起來了。

這個鈴聲和我的耳膜有了共振，彷彿第一次聽到美聲的花腔女高音，眞是甜美好聽。

但，也就只有「好聽」而已，我的耳朵暫時養尊處優了，內心卻沒有產生共鳴。

這不是媽媽說的那個幸福鈴。

我把其他那幾個所謂的幸福鈴都試了試。

「它們都好美喔，眞的！」

「可惜都不是我要找的幸福鈴。」

優雅夫人一臉歉意，不過馬上又恢復她的「夫人」氣質，要我在樓上多參觀，她要下樓收拾點東西。

我磨蹭了一會兒，就在要下樓時，看到樓梯上來另一端走廊的盡頭透著燈光。心想反正人家要我多參觀，也就不客氣的走到那個房間去。

只是一個再普通不過的房間。

可是，我的腳卻沒有辦法踏進那個門口。

我就只能這樣一動也不動地看著那盞發黃的日光燈，還有那桌上攤著的紙筆。

燈光透過淚水，在眼眸化成了彩虹……

大概在我四、五歲的時候，或許更小，那時候爸爸因爲工作的關係，總要過好一陣子才能回家一趟。

在好多好多個夜裡，就是和今天一樣，只有一片月光、一盞昏黃的日光燈下，媽媽寫信告訴爸爸，自己和女兒發生了哪些值得一提的事情。

重視教育的媽媽，每天都會寫信給爸爸，然後會在信裡留下幾個比較大的空格，讓已經學著寫字的我把那些個空格填滿。

我那時候身高還不夠，總坐在媽媽的膝蓋上，一筆一畫很驕傲的把自己今天剛學會的字，刻在紙上。

我這個一丁點大的小女生總是很得意的和別的小朋友宣揚，我每天晚上都幫媽媽寫信給爸爸。

雖然我一個晚上也不過只寫一個字。

媽媽還會拿出以前我更小的時候她和爸爸寫的信。

媽媽嫌爸爸寫的字不夠好看，所以總是要求他練習用毛筆字寫信。

但是不管是毛筆字、鋼筆字，還是原子筆，每封信上都有我認得的字，就是我的名字「珮琪」，而且一張信紙裡頭還會出現好多遍。

我總是央求媽媽一個字一個字指著，將這些信念給我聽，碰到我喜歡的句子，我就要媽媽明天教我寫這些字，這樣我就可以告訴爸爸我每天都在「忙」些什麼「重要」的事情了。

媽媽抱著我，親我的臉頰親得很大聲，然後說：「好啊，當然好囉，媽媽了不起的乖寶貝！」

我怎麼會忘記了呢？那有著濃濃紙味的文字，滿腔滿腦想要分享的熱情和團團暖暖的記憶，我怎麼會忘記了呢？

我就繼續站在房門口看著那桌上的紙筆……

心裡有一種驚嘆！

這種寶貴的時刻人人都很清楚，就像戀人彼此認出對方的那一剎那。

我也第一次好好的認出自己。

我「穿」上了當初那雙「純眞」的眼睛認出了那個純粹的自己。

原來「純眞」是通往心靈最短的道路，「眼睛」眞的是靈魂之窗。

難怪小小孩的眼睛總是淸亮如高山上的湖泊，因爲「純眞」的「眼睛」就只看到生命的美善。

今天我在字裡行間「看」到了爸爸媽媽泉湧而出的愛，我也同時「看」到人的內在的確存在了一個偉大的魂魄，那個最明亮的自己，那個最中心的自己，那個安心的所在。

這也解開了我長久以來的好奇。

我就一直覺得奇怪，爲什麼平常很懶得對人好的我，偏偏寫出來的文字怎麼這麼的溫暖細膩？

就是在那時候的感覺，讓我有把握可以把在媽媽懷裡那種暖暖的感覺，寫給爸爸知道，一天天不自覺的練習，這早就化作我內在深沈豐沛的資源。

那一個一個的字，那一張一張的紙片，化作一點一點的能量，又像一片又一片的花瓣向我身上聚集，在我的體內化作一個向外散發光與熱的豐富花園。

我熟悉那種輕快，那種滿心綻放的暢快。

而先前那些怪誰、怨誰、批判這、埋怨那，此時此刻倒顯得好笑起來。

原來人往往愛那些不喜歡的事情，比想自己眞心喜悅的事物的時間都來得多。

即使知道不對勁，但通常也只會把對生命的失望怪罪到他人頭上，或是依賴他人的讚美和肯定來催眠自己所作所爲是對的。

有人讚美我當然是件好事，但是當我「需要」別人的肯定來維持我對自己的看法時，事實上我已經不愛自己了，我早就把生命的權力交到他人的手中。

其實海豚島的遊歷是有用的，當我能夠回到自己的中心，做自己眞心喜歡的事情，全身上下都洋溢著自發的活力，整個人都充滿了那種「勁」，好像一個小小孩在美麗的花園裡玩耍，感覺非常的安全，只聽到歡笑，有一種非常踏實、非常安心的感覺，這個時候我就是一顆圓滿而光彩具足的恆星，世界是繞著我旋轉的，我有安身立命的軸心。

當然我也經歷過那些不是從自己中心出發的選擇，就好像考上了台大，或是突然得到一大筆錢，當然也會快樂，但是還是會覺得若有所失，還是有一種空虛的感覺，明明得到了這樣東西卻覺得還不夠，會想要得到更多、抓到更多，或是產生其他的害怕，恐懼失去，好像還要抓些什麼在手上這才覺得安全，其實我已經失去了重心，我是被外在的事物耍得

金玉果

從優雅夫人那裡走出來，走了好一會兒，手上沒戴手錶，根本不知道到底花了多久時間，只知道走到口乾舌燥，才看到一片湖水，還聞到淡淡的松香味。

湖水清澈透底，只看到滿滿的金魚，好像還是有「金魚之王」美稱的「蘭壽」金魚。我雖然不是很確定這到底是不是「蘭壽」，但是他們都長得很「面善」，有著一張鼓著腮幫子的娃娃臉，沒有背鰭，尾鰭細小，腹部是圓敦敦的金黃色，有種安定感，游起來緩慢又帶點嬌寵的模樣，實在是很像「蘭壽」。

一隻面容鮮紅，掛著美麗獅子頭的金魚慢條斯理向我游過來。

她嬌滴滴地問：「請問妳怎麼會來到這裡啊？」

這麼近距離地看著這條金魚，我確定她就是「蘭壽」，「蘭壽」的眼睛沒有一般金魚那麼泡，秀氣多了。我蹲下來說：「我是來找『幸福鈴』的。」

「可是我們這裡沒有幸福鈴啊！」她張大了眼睛。

「那請問這裡是哪裡呢？往前走又可以到哪裡去呢？」我實在是累得沒有力氣再往回走了。

她側著臉有點不解：「這裡是『金玉滿堂』，海豚島『成年禮』舉行地點啊！」

「喔，『金魚』和『金玉』是諧音，所以『金魚滿塘』就是『金玉滿堂』囉！好福氣的名字喔，我可以玩一次海豚島的成年禮嗎？好像很有意思呢！」

蘭壽金魚又把臉偏往另外一邊，大眼睛也向上飄，認眞的思考後說：「好吧，反正妳也要通過這個湖，才能往下一條路走，要不然就得要回頭，那好，妳就坐上這個……」

「好大的『謝籃』喔！」我興奮的插進蘭壽金魚的話。

她嘟起嘴，一臉「妳怎麼會知道」的表情，我解釋道：「以前我媽媽養病的時候，我們曾經住過鄉下，住在我阿嬤的家，我常常拿這種謝籃，只不過妳的謝籃比起我們那個大多了……」

這個表面上有朱漆、籐竹編的容器，勾起我許多「甜甜」的記憶：「我不清楚爲什麼媽媽很不喜歡我吃冰的東西。那時候我常陪著阿嬤，拿著謝籃送些愛玉、米苔目之類的糖水，給在田裡幫忙我們的鄰居，然後我就趁機多吃幾碗冰水……」

「是我阿嬤自己親手做的喔，比外面賣的Q幾百倍呢！碗公也比外面賣的大多了。」而且那種背著媽媽偷喝的糖水，滋味好像特別甜呢！我向聽得都快流口水的金魚小姐繼續「蠱惑」著：「阿嬤每次都笑我，人家提『謝籃』送糖水，是爲了要好好謝謝鄰居的幫忙，哪有人像我，是爲了偷喝冰水才提『謝籃』，根本就是『提籃假燒金』，小賴皮！」

「賴皮小姐，我們這個謝籃也有東西吃喔！」這回換金魚「誘惑」我。

我一聽精神大振地坐進大謝籃裡，心想這個海豚島的成年禮眞是享受，有得吃又有得玩，希望還有喝的，因爲我的口眞的好渴，又不敢隨隨便便喝湖水。

大謝籃自動的隨著湖水波動，沿著湖邊飄流起來。

沿湖長了一叢叢灌木高矮的植物，上面還結著果實。

那果實有點像草莓，嗯，不，其實更像蘭壽金魚肥嘟嘟的臉——鮮艷艷的紅色，很有「重量感」的臉。

「這是『金玉滿堂』的特產，叫做『金玉果』，妳可以摘下來吃吃看。」蘭壽金魚跟在謝籃旁邊對我解說。

我順手摘了一個離我最近的金玉果，咬了一口……

這個有著草莓外觀的「金玉果」竟有著蘋果的脆感，最棒的是，有好多好多的水分，是我現在最需要的東西；我另外一手又摘了個金玉果，一口一個清脆的吃了起來。

謝籃仍然不停的往下游流，我手上兩個金玉果吃完後，又去摘了一個。

咬下去後就忍不住哇哇叫起來：「這個金玉果比剛才那兩個甜多了，前面那兩個有點澀，也沒有手上的這個水分多，眞是的，吃了兩個比較難吃的金玉果！喔，對了，你們的成年禮就是這樣子吃水果啊？」

一直端著笑臉的蘭壽金魚這下笑得更大，雙頰更腫了。她一臉神祕的說：「妳已經在進行我們的成年禮了啊！」

「哪有？從頭到尾，就是在謝籃裡頭吃了三粒金玉果，難道這水果是南海仙桃，吃了長生不老嗎？」我不解的問。

她努努嘴指向已經飄在我們後頭的金玉果說：「妳覺得這樣的說法，對前面兩個金玉果公平嗎？即便是那兩個金玉果只有一絲絲乾澀的水分，它們仍然解決了妳的口渴啦。」

喔！夠了，眞是夠了！我這才明白，原來「金玉滿堂」的設計，這個大費周章的設計，是包括前面那條綿綿無盡到天涯的路。目的就是爲了讓人「口渴」而已。

她也看出我的恍然大悟，一臉得意地繼續她的「導遊」工作：「如果我們把人生比喻成一個旅程，金玉果就好像我們碰到的每一個人，當我們嚐到更甘美的滋味時，卻來指責前面的人沒有給你這個、那個跟什麼，就好像妳覺得前面的金玉果有夠難吃、又澀、又怎麼樣……妳覺得這樣的說法厚道嗎？」

我心裡頭認爲蘭壽金魚的論調有點不太「實際」，很不服氣的反問：「但是妳難道沒有這樣的經驗嗎？我們可能『氣』前面的人都來不及了，更別說是去想到其他的事情了！」

蘭壽金魚的尾巴拍了一下湖水：「人沒有水會口渴，就好像人沒有愛會饑渴是一樣的道理。」

她順了口氣說：「在妳人生之路上遇到的這許多人，他們都在妳最需要愛的時候，至少給了妳一個依靠，或是說依賴。哪怕這種寄託可能到最後發展成悲傷、憤怒、或是痛苦，那人末了成爲妳口中的大爛人，但在最初的時候，妳還是得到了妳想要的愛，哪怕只有一丁點，至少妳在那個時候對愛不再饑渴，就好像即使只有一滴水，都稍微解除了妳的口渴……」

蘭壽金魚用尾鰭擺了擺她橢圓形的魚體繼續道：「拿我自己來講，之前當我和魚男友分手後，總是急忙埋怨那條臭公魚對我如何如何不好，都是我在付出，他愛我沒有我愛他多，他這條爛魚……但是最後我發現，每次分手，我埋怨對方的話語幾乎可以用錄音機錄起來重播。事實是……」

她頓了頓，好像要說什麼重點似的：「下一條魚永遠不會更好，只要……只要我自己沒有變好的話，下一條魚眞的永遠不會更好。」

到目前爲止，金魚小姐說的話我都很能感同身受，但是問題是：「怎麼樣才能變好呢？」

蘭壽金魚又用她那會說話的尾巴打了打謝籃說：「就是『感謝』！『感謝』才能令妳解脫！」

我覺得自己聽到了一個爛答案，忍不住嚷起來：「妳沒有聽懂我剛才說的話呦！『氣』那個男人都來不及了，還要『感謝』，是哪根筋不對了才會這樣？」

大概她回答這樣的問題已經千百遍，似乎也預期到我有這樣的疑惑，想也不想地就說：「我知道，我眞的很能理解這樣的心情，因爲我也是這樣走過來的。以前我也很不明白，也眞的很『氣』，爲什麼總是會碰到一個沒有辦法給我太多時間的男友。後來我才眞正瞭解，因爲我的眼光總是放在『那條爛魚都沒有辦法多陪陪我』，而且不停的反覆想，每天重複千百遍的想，讓自己和這種討厭的特質『綁』在一起，最後我就『如願以償』吸引來類似的男友用同樣的方式來對待我。直到我學會了『感謝』……」

蘭壽金魚深深的吸了一口氣，開始用和她的游姿同樣緩和的節奏說：「『感謝』是讓妳自由的最好方法。恨，只會讓妳和討厭的人『綁』得更緊。眞的是這樣……」

蘭壽金魚這才如釋重負的吐了一口氣，輕快的解釋起來：「相信妳在拉手娃娃那裡已經見過那片『矇面』鏡子了吧！」

我嘟起嘴用雙手摀住眼睛說：「那片『虛擬』鏡子！」

金魚大小姐繼續解釋道：「拉手娃娃也曾經來過這裡，我在『看不見』的鏡子前面『看』到……別的魚就像是我的一面鏡子，我可以藉此來檢驗我的內在有些什麼訊息。所有我責怪別的魚沒有給我的事物，我也通通沒有給我自己！」

「當我責怪男友不能多陪我時，我這才發現我也沒有眞實地和自己在一起。我總拚了命實現魚群對我的要求，讓自己成爲魚群眼中的好魚，反而是花在思索自己一生願景的時間卻少得可憐！」

蘭壽金魚的眼神變得很柔軟：「光是這個『看清楚自己要的是什麼』的過程，就已經非常非常值回票價。再來，我爲什麼不去看看我在這個愛情裡面曾經擁有過哪些東西呢？在哪些時刻我充滿了愛的感覺？這些不都是值得『感謝』的嗎？如果我對於過去已經擁有的愛都辨識不出來的話，那我又憑什麼對於未來所要擁有的愛會有更多的瞭解與接納呢？這些不也都是值得『感謝』的嗎？」

她的很多問號讓我無言以對，但是我很清楚地知道這每一字每一句是與我內在的眞理產生共鳴的，於是整個人放鬆、清明了起來。

我閉起眼睛細細地品味這種放鬆，讓身體、情緒、心靈都沈浸在眞理中。

我們兩個就好像蒞臨一場神聖的盛會，突然建立起強而有力的聯繫管道，我們知道了彼此之間最深刻的眞理是可以呼應的。

不知道是不是我能夠認出她給我的建議都有寶貴的參考價値，還是現在我整個人都柔軟了起來，她就像是一個老朋友給我離航的叮嚀：「更重要的是，當妳願意『感謝』的時候，妳會更容易察覺感動妳的事物，妳會『擴大』那個畫面，妳的腦袋裡會充滿越來越多妳所欣賞、感謝的事情，最後這些就自然而然成爲妳生活的氛圍。愛會吸引來愛，愛會創造出更多的愛，就是這麼簡單。」

謝籃已經到了水域的盡頭，前面就是道路。

我這才知道海豚島的成年禮眞的是「金玉滿堂」般的富足。

我踏上岸邊，有點羞澀又不好意思的向蘭壽金魚道謝，她好像看慣了這個場面，很有自信的回答：「眞的不用客氣啦，陪妳走這一段，本來就是我的工作。」

我還是再三的道謝，並且把手伸進口袋：「謝謝，我眞的收穫很多……」

蘭壽金魚更是笑得臉都快撐開了

我繼續吞吞吐吐地說：「眞的很謝謝，除了妳那『金玉滿堂』般的『金玉良言』，現在我也眞的，眞的很感謝最前面那兩顆金玉果……但是我還是『不小心』把兩個口袋都裝滿了金玉果，嗯……是最後的甜甜的那種……我想一會兒路上說不定會口渴，應該可以派上用場……」

「小賴皮！」蘭壽金魚笑著用尾鰭潑了一把水甩向岸邊。

嘿！嘿！當然沒潑到我囉，因爲打從一開始來到海豚島，我就見識到海豚島的動物尾巴特別發達，我早就有準備，跳得遠遠的。

我就這樣一手一個金玉果蹦蹦跳跳的上路了。

哇！眞的是好甜喔！

松樹

上了岸後才看到「金玉滿堂」的周圍都種滿了松樹，難怪剛到湖邊迎面飄來陣陣松香。邊走邊吃著金玉果，蘭壽金魚剛才所說的每句話，這會兒像還繞在身邊，拌著嘴裡咬的金玉果一口一口的咀嚼著。

大概是松樹林漫布著芬多精，剛才的「金玉良言」現在開始消化了。我是和「金玉滿堂」漸行漸遠，但屬於內在的課程這才開始發酵，踏出的每一步都帶來更清晰的訊息。

在此之前我有限人生的每一幕，現在好像是遠方駛來的夜快車，透過佔據一半車廂的大落地窗，車廂內燈火通明，加上熟悉的人影晃動，飛快閃過我心靈的帷幕。

夾道的松樹也不甘寂寞，間隔著的幾株燃燒了起來。

以前我在雜誌上看過松樹的生態報導，松樹的種子得要完全的日照才會萌發。這一帶的松樹林多有庇蔭，松樹得要利用母株身上的松脂燃燒後，將松子的殼燒裂，松子才能順利萌發。

回顧我所認識的爲人父母的親友，他們不就像這松樹一樣，在所知道的範圍內，盡所能的去做了啊！雖然他們可能也會用一些像是燃燒松脂來萌發松子，這一類別人看來有點蠢而且不高明的方法。

就連我自己，在沒有深刻覺知以前，大部分時候也不過是用「熟悉」或「慣性」處理每一個機緣，即便是自己早已就不喜歡這樣的對待方式了。

多少人不就是不論喜歡或嫌惡卻仍與熟悉的魔鬼廝混，怎麼也不願去試試親近那可愛但陌生的天使。

不管是魔鬼也好，天使也罷，所有走進我生命的每一景每一幕，與我相遇的每一個人事物，此時此刻都化作我內在的「資源」——就在一雙「感謝」的眼睛底下，這些「熟悉」

的場景都「可以」成爲我獨一無二的寶藏。

「感謝」並不像我們下課時喊說「謝謝老師」那般隨意，發自內心的感激之情眞的是威力強大，這會讓身體、情緒和心靈鎭定，並且溫柔敦厚富足起來。

就像此刻，我就能「看」到，以往我總是受不了奶奶老是把我綁在家裡，但是當我願意把焦點放在我哪裡「富足」，眞心投入去看的時候，我就可以看到自己「富足」的那一面。

我每天爬到玉蘭花樹上駕駛夢幻的海盜船，這些都沒有白爬，我是因此發展出強大的想像力，形體上的稍不自由卻成就了我尋求心靈上取之不盡的自由。

從前我也很怨懟老天爺的安排，爲什麼要讓我經歷媽媽的死亡，那種「孤單」如果有一百克，可能只有三克能說與人知，因爲親人死亡的錐心之痛是連說都不容易說清楚的。

但這時我也「看」清楚了，「孤單」本身不會讓人失去力量，「害怕孤單」這件事才會讓人失去力量。當我很單純的和「孤單」爲伍，其實早就在練習和我的每一個感覺敏銳接觸，與我那最深的內在細膩對話了，這也是我在海豚島的很多課程馬上就能上手的主要原因之一。

更別說是奶奶、爸爸、媽媽、新媽媽對我的付出，那一點一滴早就是我「熟悉」怎麼對自己好、珍惜自己的正面資糧。

我在蘭壽金魚的身上看到，也料想得到，所有我在家庭裡耿耿於懷的部份，只要我還沒有學會感謝，釋放我自己，讓自己自由的話，我就會綁在這些點上，不斷的在未來的日子裡吸引同類特質的人，來幫助自己看到我能夠發展出什麼樣的愛與力量。

原來先前人生以爲的陰影，說穿了不過是等待意識帶來光明的地方，挑戰我能夠多愛自己，也就是「我」在「選擇」自己的「感覺」。

現在，口袋裡的兩個金玉果全都吃完了。

在口袋中我發現居然放了一台數位錄音機，電池還有電，有些想法我怕忘記了，就趕緊坐在松樹底下喃喃自語起來。

我覺得自己好像有義務要寫些東西去國立編譯館投書，否則好像對不起這一排的松樹。

嗯，不對，其實是覺得對不起自己這點比較嚴重，「自欺」才會導致「欺人」，永遠是一體的兩面。

因爲我們被教導的「孝順」觀念是存在著可以更細緻的空間！以往那些「孝順」的說法都只強調表面的和諧和態度上的歸順，其實眞的推敲起來那都還是其次；更重要的是，怪罪他人，怪罪環境永遠只是在暗示自己，我們生命的權力有部份是被剝奪的，這根本是在拿走自己的力量。

我們不都是說「一樣米養百樣人」，面對同樣的養育方式，同父同母的兄弟姊妹之間也會有不同的反應；有些人爲自己感到自憐，怨嘆生命資源的有限；也有些人選擇過去每一個經驗，都是爲了精粹自己內在的力量。

所謂的「孝順」，其實是一個人的自我和解，對自己的完全接納。

當一個人完整的「發現」自己，他的確會對「過去」心懷感激，這才是「孝順」的核心，也才不枉我們傳了幾千年的「孝順」觀念！

「是吧，松樹小笨媽！」我拍拍松樹的胳膀。

「啊……」凄厲的尖叫聲在松樹林裡飄蕩。

好痛！竟然送了一粒松果正中我頭頂。

不過還是沒弄清楚松樹媽媽投的是贊成還是反對票。

天馬行空

一匹白色帶著翅膀的天馬站在松樹林的盡頭。

他比一般的馬匹矮小些，大概跟我差不多高。

天馬眼神炯炯，邁步前進時可以感覺到縷縷輕風流動著。

我很期待的問：「請問你，你眞的會飛嗎？」

天馬眼神帶點輕蔑，嗓音低沈地回答：「拜託，別看我不起好嗎，我是匹有著優良血統的天馬，我可以載妳到宇宙的任何一個角落去！」

「宇宙的任何一個角落……」我大聲的重複天馬的話。這下子我就確定可以找到幸福鈴囉！

「是的，沒錯，就是宇宙的任何一個角落，而且保證一個晚上就能來回。咦？妳是怎麼啦？怎麼高興成這個樣子，要我載妳到哪裡嗎？」

等一下吧！但是要到哪裡去呢？這眞的是個大問題，我想了好一會。

嗯，好吧，那就先到……我很有禮貌的對天馬說：「那就麻煩你了，先把我載到獵戶座α，那是一顆年代久遠的紅巨星，中國人稱參宿四星，好幾個古文明，包括埃及、中國都把它視爲最吉祥、最幸運的恆星之一，我要找的幸福鈴很有可能就在那裡。我們先去那裡，如果找不到幸福鈴，再到別的星星看看吧！麻煩你了，謝謝。」

「那妳坐穩了。要扶好，上頭的風可是大得很唷。」天馬蹲下前腳讓我跨上馬背。才振翅揮沒兩下，轉眼我們就已經在天空不知名的深處，照這個速度看起來，我眞的可以一個晚上來回海豚島和獵戶座α。

回過頭來看到地球上的海豚島，已經像一個在暗夜星空閃耀的彈珠了。

我們離地球越來越遠，現在地球在我的視線下方成了一顆沐浴在月光下的海水藍寶。不是淡藍色海水藍寶，而是偏向折射出藍光與綠光沁涼光彩的海水藍寶。

古代的羅馬人將海水藍寶當作不老的護身符，眼下的這顆地球也流動著夢想的青春活力。

凝視這藍綠色清涼的光球，那散發著溫柔澄淨的水色，煩擾的心田頓時降低了熱度，連地球上每天例行的日出、日落，一下子都值得留戀起來。

天馬繼續在這鑲嵌著星星的夜空下奔跑，咻咻朝著更高的境界捲去。

「啊！」天馬一下子緊急「煞馬」，我差點摔下去，嚇得尖叫起來。

「怎麼回事啊？」在太空中被拋出去可是會永無止境的漂流，他到底知不知道這嚴重性，我驚魂未定的質問天馬。

天馬不回答我，只忙著解開他的四條腿，大概飛太快了，四條腿全都打結了。

我有一種叫錯計程車的淒涼，更麻煩的是，停在這太空中，連哪裡是前？哪裡是後？完全茫茫然。

天馬忙著「修腿」，我也幫不上忙，乾脆在這兒賞起宇宙神祕未知的瑰麗花園。先前天馬趕路趕得緊，風的線條把什麼再好看的景象都像加了柔焦鏡。

現在可以細瞧，整個宇宙看起來竟然是一個細緻綿密又不見邊際的光海。

一波又一波流動的光海，看起來隨興，卻運轉得如此和諧圓融，充滿著豐盈飽滿的韻律。

更特別的是每個光點，都像一個寶石，散發著獨一無二的光彩，在光海中充滿生命力的流動著。

我把焦點轉到地球，從這個角度很驚訝竟然可以看到……每一個生靈的體內竟然都有那麼一個寶石，嗯，不對，應該說每一個生靈竟然都是一顆閃亮的明星，在這片宇宙的光海中清明的貢獻出一己之力。

即使是那些比較不明亮的光點，從這個虛空中看得出來，他們的外層都裹上了濃密的濁氣，但是內在的光明度和其他燦爛的明星是無分軒輊的，只是「遮蔽度」不太一樣。

我拍拍天馬的頸子，不解的問：「你能不能稍微停一下啊！能不能跟我說說，爲什麼有些星星的外層好像罩著一層面紗？知道爲什麼嗎？」

天馬好像聽到一個「低等」問題，頭也不抬，還是繼續解決他的腳，「順便」回答我的

「小」問題：「如果那個人能夠尊敬內在喜悅的耳語，把自己內在和外在整合好的話，當然就顯得光芒透徹；相反的，連自己愛什麼、喜歡什麼都搞不清楚，一片混亂，就會顯現出渾濁的氛圍。這是很自然的道理啊！妳不是在海豚島都在玩這個嗎？做讓自己光彩煥發的事，自然散發光彩煥發的能量，不就是這樣嗎？」

天馬說得稀鬆平常的，大概他老是在這宇宙打滾，早就不覺得這有什麼稀奇，但可以在這個時空，像看衛星照片般盯著地球，眞的是很讓我稀罕。

而且這樣一看就會淸楚，所有「好人」最會做的「犧牲」簡直就是一件宇宙超級無聊的事。

宇宙運轉得如此和諧富足，怎麼會有人該被「犧牲」呢？

每一個人都是宇宙最重要的存在。

而一個人能夠對周圍的環境，乃至於這整個宇宙所作的最大貢獻，就是向自己內在的光明走去，追隨內在熱情的催促，散發屬於自己本性獨特的光彩。

而不是放棄自己的軌道，搶著把別人的功課攬到自己身上，說實在那不過是延遲雙方爲自己的生命綻放光彩罷了。

「嗨，終於修好了，怎麼？宇宙這個超級大資料庫，看出什麼心得了嗎？」天馬的腳終於各司其位，他願意轉過頭來對我好聲說話了。

「大資料庫？怎麼說？」這下我反而有點不懂了。

「所有的萬事萬物都包含在宇宙當中，妳要做的就是明確的發出訊息，很清楚的知道妳要的是什麼，那宇宙不就是一個超級資料庫，被妳這台電腦主機所使用嗎？」

嗯……在先前海豚島的形成，我就很清楚地學到，身爲一個人，我們眞的是有「選擇」的力量。

只是在這虛空中，看著地球的芸芸眾生，對於每一個「人」以及這個富饒又神聖的「大資料庫」，內心更充滿了「敬畏感」。

看見每個人發射出去的情緒和念頭，躍入這龐大的「資料庫」，又吸引來能量相當的事件，或是相對應的人物又再回到自己的身邊。

宇宙最實用的定律其實是「物以類聚」。

我不得不再一次讚嘆宇宙運作得如此精確又不捨晝夜。又不得不感嘆人眞的是要對送出去的念頭和情緒負起完全的責任，「怎麼收穫」如實，就是因爲「那麼栽」。

「嗨，天馬，你有沒有碰過向宇宙要求，但卻求不到的經驗？」雖然我親眼目睹了宇宙的運作，可是還是很好奇，宇宙中到底有沒有發生過例外？

天馬用臉擦了擦軀體，斟酌著如何開口：「因爲天馬每天都在宇宙中練習用宏觀寬廣的角度看事情，所以……咦，這好像有點難解釋給妳聽耶！不過我可以舉個例子，我的親身例子，可能比較容易懂。」

「先前，我曾經很希望有個心有靈犀的女朋友，我們之間充滿了源源不絕的愛，我也認眞用了海豚島『拉手娃娃』還有『金玉滿堂』的功課，在生活當中創造出那種愛的感覺……」

天馬提到這裡，還沒說完就自己大笑了起來，繼續描述他的經歷：「但是有一天我突然發現，我對鄰居一個剛生出來的小小女天馬，最有這種發自心靈深處愛的感覺……」

我也覺得這實在是很好笑，宇宙眞是開了天馬一個玩笑，我揶揄的對天馬說：「喔，搞不好宇宙是要你開始練習光源氏計畫呦！」

天馬學起當時的表情，一臉哀怨：「那時候我常常疑惑，啊！宇宙眞是一個糊塗蟲啊，怎麼我的女朋友會是一個剛出生的小娃娃呢？那我要怎麼跟她結婚呢？啊，太，太，太……太辛苦了吧，等到她長大，我那時候也都快死了吧，別說飛了，可能連走路都走不動，毛髮也掉光了，青草大概都快咬不動，哪有力氣去談戀愛，宇宙這個玩笑開得太大了吧！可是妳知道嗎……」

天馬的臉開始甜蜜祥和起來，描述起當年美麗的相遇：「我現在的太太就是經過我家附近的牧場，看到我帶著這個小小天馬練習飛行，她覺得我實在是旣體貼又窩心，一定是個很有愛心的優良天馬，她就主動約我去看露天電影……」

我不敢置信的嚷著：「拜託喔，假如有個男人第一次約會就約我去看露天電影，我眞的會懷疑他的誠意，幫幫忙好不好，在馬路邊，搞不好一堆蚊子，還要自備小板凳，看那種幾百年沒聽過名字的電影，這是哪門子談戀愛的方式啊！」

天馬擺出「妳不懂就不要囉嗦」的架式，一個字一個字清楚的告訴我：「小姐，我們海豚島的露天電影是坐在草地上，以整個夜空當螢幕播映的，好嗎！」

「哇！眞是浪漫啊！」這一次我和天馬異口同聲的叫了起來。

「所以比較重要的是，妳要學習從比較『整體』的角度，看待所有妳得到的事物。還要從最深層的『本質』來檢視妳的每一個要求。」天馬很正經的拉到前面的話題。

可是看我就是有聽沒有懂的樣子，他的語調開始更熱切：「就好像『表面』上我要的是一個終身伴侶，但是其實『本質』上我爲的是愛。妳也看到了宇宙的吸引法則，只有愛才會創造更多的愛，所以當我很眞心別無所求的用愛來和一個小孩子相處，這個愛自然會把我帶到另外一個愛的點上，愛才會吸引來愛。宇宙的流動中帶有自然的平衡，所以相信自己值得所愛，開放的接受宇宙捎來的任何『形式』的愛，愛有幾萬幾億種『形式』，我就等著接受所有的驚喜，加深我對於愛的任何層面的認知，在這個尋找終身伴侶的過程中反而得到了更多。」

我們兩個就一下子停住了談話，因爲天馬一口氣說得太激動了，我也需要幾秒鐘「倒帶」回去仔細想想。

稍後，看我一點動靜也沒有，天馬倒是有點羞赧的對我道歉：「對不起，說太快了，因爲妳來一趟海豚島也不是件容易的事，眞的很希望妳能帶回所有的好東西。」

「那……我們就繼續趕路，我說太多了，再不走，這個晚上就到不了獵戶座 α 了。」天馬還是滿臉抱歉的樣子。

「不用了，我們回去海豚島的入口吧！」我提出新的目的地。

天馬一時轉不過來：「怎麼啦？妳不用擔心，我不會再纏住了。眞是的，我已經很久沒有發生這樣的情況了，眞不好意思，我保證，只要趕一趕絕對可以在天亮之前到獵戶座 α 再趕回海豚島。」

我心平氣和又很堅定地說：「眞的不需要去獵戶座 α 了，我要去找海豚那個賊賊的小騙子！」

返回

海豚很有「自知之明」的待在沙灘邊等我。

我先客氣的問他：「你的好朋友呢？那個漂亮的小姑娘！」

「她被媽媽拉回去睡覺了，小朋友要乖乖準時睡覺，才會長大……好啦，我知道妳要問我什麼，問吧！」海豚一副慷慨就義的神情。

我在盤算海豚想快點「結束」，而我到底要不要「成全」他呢？

我還是笑咪咪的對他說：「我又沒有打算來怪你騙我，你要說海豚島上有『幸福鈴』那是你的自由，要不要去那是我的自由，你怕什麼啊？這個世界上有人騙人，自然就有人要準備被騙，不是嗎？我可是一點點點……也沒有責備你的意思喔！」

「是！是！是！你一點也沒有罵我是騙子的意思，你『只是』挖苦我是騙子而已！」海豚眞不愧是學習能力強的哺乳類動物，馬上「現學現賣」起來。

「我是眞的很謝謝你介紹我去海豚島，現在我要回家去了。」我回復「正常的」和海豚交談起來。

海豚也像打鬧夠了，收起皮皮的德性，和我閒話家常：「要回去了喔，不多玩幾天嗎？是不好玩嗎？還是沒有收穫？」

「喔，不是，不是，是『收穫』太多了才要回去。」我連忙解釋。

海豚皺起鼻子搖搖頭：「不懂耶，怎麼說呢？」

「是眞的學了很多，整個腦筋好像塞得漲漲的，有點頭重腳輕的感覺！」我邊用手敲敲我的頭也碰碰海豚的腦袋，繼續說著：「但是這些『收穫』如果就只是停留在『知道』，那我不過是多了一些做作的知識而已，我想要回家試試看，『知道』和『內化成我生命的經驗』到底有多少程度上的不同！」

「同時我覺得你這隻海豚最『賊』的是……」我捏了海豚的大鼻子說：「我發現我在

海豚島碰到的每一個人，其實全都是我『自己』。這不需要拉手娃娃的金色鏡子，他們就會幫我『鏡照』出我的那一部份，提供機會演化我內在的一個角落，向我想望的地方前去，在海豚島是這樣，相信現實社會也一樣，那我就可以回到原先的地方找到我要的幸福鈴，這不一定非得要在『海豚島』才行啊！」

海豚啪啪啪拍起手來：「恭喜妳，妳一定會找到幸福鈴的。」

我又恢復「不正常」比起勝利的手勢。

「當然，我的心裡有幸福鈴，我當然能和宇宙合作出精妙響亮的幸福鈴！喔！耶！耶！耶！……」

「對了，能不能請海豚幫我一個忙？」

「什麼？」海豚向沙灘邊游近。

「你可不可以把我彈回家，要彈得像個優秀的體操選手那樣，我一直很想這樣試試看！但礙於能力……」

「好啊！」海豚很義氣的一口答應。

在我還來不及說再見時，海豚就把我彈了出去，不是像「跳板」那樣，而是用打「高爾夫」球的方式「打」了出去。

我決定下回來海豚島的時候要帶本國際禮儀的書送給海豚，他怎麼老是不說再見就把人弄不見？

幸福鈴之旅

從海豚島回來之後，我就開始投入《幸福鈴》的寫作工作，雖然我從來沒有聽到過「幸福鈴」響，但是那「海豚島一夜遊」實在有太多的知識與智慧，值得整理和人分享，但也很奇怪，我就是覺得這本書的書名應該取作「幸福鈴」，換了其他名字就是不知道哪裡不對，好像這本書就是帶著「幸福鈴」這個名字而來一樣。

但即使是單純的整理「海豚島一夜遊」，等到眞正動手後，才發現這不是件簡單的事。只要我打開電腦準備寫作，當滑鼠點到「幸福鈴」的目錄，我的雙手就不由自主地微微顫抖。

可是只要把「幸福鈴」的檔案關掉，去玩光碟或是上網路，雙手好像按到某個開關「卡拉」一下，抖動就自然停止。

坦白說，由於不是晃動得很厲害，平常手也是好好的，就算上醫院也不知道掛哪一科，我只好當它是一種不太嚴重的「毛病」。

爲了這「毛病」，我開始去做個人或團體懇談、諮商。

一方面是著急怎麼寫不出來，二來則是爲了「好玩」。

我想所有叫得出名字來的諮詢方法我大概都去試過了，舉凡心理系統，或是靈修系統，像甚麼完形治療、潛意識課程、催眠、靈氣、水晶、靈性彩油等等，剛開始的時候只要聽朋友說哪裡好，就立即會想去試試，期待能夠快速改變。

我總是覺得這些領域的專家一定比我專業，應該能給我一些「權威」的意見。而且通常在離開治療師的辦公室或團體治療會場時，我每每都是噙著淚水堅定的以爲：「這下我一定寫得出來了！」

但是這種「以爲」只要一打開電腦就變成「不這麼以爲」了。

因爲手還是抖個不停，並且有日益嚴重的趨勢，讓我開始懷疑起這個世界上是不是眞有一種病，就叫做「選擇性的帕金森症」，或者叫「寫作型的帕金森症」？有些治療師勸我說這可能是自我過高的「期待」，我可以把它「轉化」成別種類型壓力較小的目標。

針對這點，我倒是很有「自知之明」。

我的內在眞的有一股不知從何而來，旣強勁又猛烈的熱情，好像甜蜜狂野的戀人在聲聲呼喚，不斷提醒著我當初的承諾。

在太空中俯視地球的畫面總是三不五時的溜進我的心靈帷幕，我的內在有一片很強烈的記憶，似乎自己眞的答應過誰要好好的寫《幸福鈴》這本書。

但是日子就這麼拖著，看過的心理諮詢越來越多，其實在認識自己了解別人上頗有收穫，只是《幸福鈴》仍然一個字也沒進展，直到有一天……

◇

媽媽從美國回來了，我陪她去添購東西，用餐時間兩人隨意到一家咖啡店吃簡餐。

媽媽這趟回來，不知道是我心理作用，還是媽媽不上班就不染黑頭髮的緣故，我覺得她一下子蒼老了許多。

雖然我也看過很多人剛從國外回來時，頭髮沒個型，衣服輕便地胡亂穿，可是我還是很難想像眼前這個「枯萎」的歐巴桑是我印象中那個神氣幹練的媽媽。

「到底發生了什麼事啊？」很多疑問和可能性在內心翻騰。可是我和媽媽碰面時，大多時候是比較侷限在「家族聚會」的「儀式」上，就是那種每個人都分不到多少時間「談話」，可是耳朵邊卻好像聽到有很多人在「說話」的場合。

而且這樣的「談話」通常是把焦點放在最近好或不好上頭，內容完全不涉及內在感受。一時之間還眞的不知道和媽媽說些什麼。

媽媽低頭吃著她的簡餐，我的那一份還沒送來，服務人員卻先遞上來了帳單反扣在餐桌上，這帳單讓我想起了以前最氣媽媽的一點。

家裡的錢是媽媽負責管的，除了每個月固定的生活費外，每次當我要學些新東西，或是要出去玩，有比較大額外的開銷時，就得去跟媽媽「申請」。

她總是跟我說錢不是問題，但是卻要求我寫企劃書，最少也要口頭報告，清楚評估出這對我有什麼好處？這眞的是我心裡頭想要的嗎？會不會有其他更好的替代方案？

她還會再加上一句：「妳不要嫌我囉嗦，這表面上看是妳在說服我，事實上是妳在說服妳自己！」

印象中我總是一邊列出像帳單的可能開銷和一些說詞大綱，一邊念念有詞：「很煩耶！又不是環保署做環境影響評估，要什麼替代方案？既然自己知道自己囉嗦，要給就給，不要就不給嘛，這不是很簡單？幹嘛扯出一大堆東西？簡直是找我麻煩！」

那個時候我老是將媽媽這一番「作爲」，直覺地詮釋成她在金錢上刁難我，雖然最後這些錢我也都會弄到手，但總是嫌她給的不夠乾脆。

媽媽仍然低著頭吃飯，那一頭對我而言眞的是「朝如青絲暮成雪」的白髮，就這麼大剌剌地現在我的眼前。

餐廳裡的冷氣雖然強得讓我想找件薄襯衫披上，她卻拿出手帕頻頻拭汗，媽媽跟我解釋這是更年期的毛病，就是會一下子這麼熱上來。

這頓飯，她拿湯匙盛飯的次數還不及拿手帕的多，汗如雨下的程度，讓手帕溼得幾乎可以攪出一地江湖。

我看她吃得實在辛苦，心裡甚至有種想要餵她的衝動。

但我還是選擇了無能爲力的看著她，繼續看她費力的吃飯。

這時我才赫然發現，眼前這位我叫了快二十年「媽」的女人，以前連好好「看」她都不曾有過，今天眞的是我第一次好好、正眼「看」著她，不像以往講沒幾句話就開始找報紙、翻雜誌、看電視。

更讓我震驚的是，當我願意定下心來「看」著她時，我的心有一個部份就這麼跟著柔軟了起來，我也就不再單單只是「看」著而已。

好像沒有一件事情開始是理所當然或是應該的，我可以「看」到別人其實也可以不用這麼做的部份。

媽媽其實也可以不用這麼麻煩她自己，給錢就是了，何必花她的時間聽我東拉西扯，她爲什麼要這樣做呢「？」

我打探著這個問號背後的答案，先前的憤慨也在這番細究之間灰飛湮滅。

我突然有個靈感，沒頭沒腦卻堅定地告訴她：「媽，我覺得妳以前說的沒錯，自我實現眞的是一件很重要的事情！」

我仍然不知道媽媽這趟回來究竟怎麼了，我只是有種很強烈的感想要對她這麼說。

結果媽媽的雙頰和眼睛的線條突然停格了，她的神色像是飽經戰亂後，聽到勝利消息時難以置信的模樣，潤溼的淚水後面隱隱閃著被觸動的眼神。

她就這麼呆呆地凝視著我，然後用力地點點頭。

我有點不習慣和媽媽之間有這麼彼此疼惜的交會，也向她點了點頭後，羞澀地把目光埋進剛送來的簡餐中。送進口中的白飯，又因爲澆下的淚水混成了鹹稀飯。

剛巧眼角餘光瞄到斜對面另外一桌的客人，卻又噗嗤忍不住笑了出來，差點噴得媽媽滿臉飯菜。

那位客人的臉上掛著不解的表情，好像疑惑著：「如此難吃的簡餐，可以讓妳感動成這樣？」

幸福鈴響

也就在這一天和媽媽共餐後，我才算實際體驗到當初從海豚島回來的誓言。

「知道」眞的不過是在「念口號」而已！

在海豚島上，我當然就「知道」要學習聆聽自己內在的指引。

不過在回到「陸地」上後，我還是習慣把自我痊癒的責任交給別人。

最蠢的是，這樣永遠不會有眞正痊癒的一天！

當我不能夠正視自己發生問題那個內在的因素，就算我哪天被治療好了，我還是會擔心同樣的狀況是不是還會發生，這不過是把問題延後解決而已。

但是當我追隨自己內在的催促同媽媽說了那麼短的一句話後，我眞的涉入一股意識不曾觸及到的滋養領域。

一方面我是因和媽媽之間有了眞實的連結，感受到心靈深層油然而生的豐盈。

同時，我也懾服於所有的答案「眞的」潛藏在一個人的內在。

我當然可以追隨某個智者修行，或是其他高明的人物學習各種事情，但是當我蒐集夠多別人的知識和智慧之後，我仍得回歸到內心深處去尋找答案。

因爲這樣眞的比較划算！

用自己的力量去治療自己，那才會得到眞正的力量。

在這過程當中所找到智慧的源頭會引領自己、支持自己在未來的旅程中繼續深入對自身有益的個人力量。

我也開始不再焦躁於上這個課、聽那門課，反而是問自己：「這眞的是我喜歡的嗎？做這件事情能夠帶給我活力與成長嗎？有沒有其他更好的替代方案？」就有點像老媽以前教我的一樣。

當我安靜地坐下來，閉上眼睛，深呼吸，把掛在心上的任何事情先放掉，好好的問自己：「現在最吸引我的事情是什麼？」

的確還是寫「幸福鈴」這本小說，這眞是我內心感到最有熱情甚至是激情的事情。

「但是怎麼開始呢？」我又問我自己。

這一次我沒有立刻得到答案，但是幾天之後，我突然從報紙還有一本精裝書裡頭，被一些拼布刺繡的課程所吸引，並且隱隱約約感覺到這好像對於「幸福鈴」的寫作會有幫助。

其實，向自己的內在尋找答案並不是件困難的事情，困難的是信任自己，並且照自己所蒐集的答案做做看。

我和周圍的朋友都提過這回事，他們也都毫不例外地反問：「刺繡、拼布和寫作有什麼關係？」當然這也是我心中的疑問。

有的朋友沒膽笑我，只是狐疑地盯著我酸上一句：「妳是什麼時候變得這麼賢慧？」

我還是報了名上了拼布刺繡課，第一天上課，班上同學幾乎都是歐巴桑，上課空檔最熱烈討論的話題是「生過小孩後到哪裡減肥最有效？」下課經過櫃台，我實在有點想辦退費。

但是回家練習作業後，我就知道這的確是目前與我心深處最相應的答案。

我每天可以花上幾個小時的時間來拼布刺繡，因為一直專注在重複簡單的手部動作，我竟然發展出讓心靈安靜、達到放鬆的能力，也逐漸開始能在電腦上寫作「幸福鈴」，只是手還是有點晃動的現象，但已經較先前減輕了許多。

緊接著我又開始學習冥想，由於先前拼布刺繡打下的底子，剛開始上課，老師就覺得我相當「上道」，我也在冥想當中，學習像雷射光一樣，將我的焦點打在「幸福鈴」的寫作上，釐清什麼是妄念，什麼是更深的意識狀態，這讓我的寫作靈感、執行能力都進入一個更精緻的層面。

最好笑的是去跳西班牙舞，其實到了這裡，我已經相當能夠信賴我的內在帶給我的洞見，不過我還是覺得這個想法有點「離譜」。

讓我驚訝的是，西班牙舞是一個「必須勇敢」的舞蹈，尤其是蹬著高跟鞋甩起重波浪的舞裙，真的是需要那麼一股子「狠勁」。

「幸福鈴」也跟著西班牙舞裙擺的節奏，越來越簡單、俐落、充滿了力量，這也是我想要的文字風格。

我寫稿的手此時已不再晃動，對自我的身體也有了更多的認識。人眞的是最精巧的設計，圓滿俱足了所有的能力。

表面上看這好像是我手的「毛病」，誰會想到這卻引領了我將生命內在做了一番整頓，走進更深的寫作之路。

我的寫作進度看似因爲這雙手而延遲，但也拜手之賜，如今我對自己的作品更滿意了。雙手堅定了我的決心，將內在最好的一切給掏了出來。

◇

「幸福鈴」的寫作進度到此相當的順利，尤其在做自己喜歡的事，人就特別容易感受到生命的脈動，一早起來，我常常迫不及待地打開電腦，寫作這件事情似乎讓我生命的某個部份完整起來，生活也跟著成長。

最讓我著迷的是，書寫本身就具有強大的治療能量，看起來是在推敲文章的結構用字，但是每一個字其實是寫進了我的生命裡頭，爲我的人生做了由根而起的盤整，我幾乎是每天目睹什麼叫做「所有外在的事物是內在心境的投射」，這樣的例子眞是族繁不及備載，我本來每天做記錄，可是手上在寫「幸福鈴」，如果還寫「啓示錄」，等於一次寫兩本小說，實在太累了，於是就沒有繼續。

這當中印象最深刻的是寫到海豚島上「拉手娃娃」的那一段。

那一陣子我剛好學拼布學到做一個蟬的眼鏡包，那個造型實在比較適合年紀大一點的男人使用，所以就打算做一個送給老爸。

由於我寫作讀書的時候特別邋遢，總是將資料攤得滿桌滿地滿床都是，只好把針線碎布拿到客廳去縫。

這下子奶奶可就樂著了，她很喜歡爲我做的拼布袋子取名字，今天她又在說這個蟬的眼鏡袋她要管她稱作「福氣袋」。我實在不知道該不該提醒她說，前面三個袋子「恰巧」她也通通命名爲「福氣袋」，只是老人家忘了。

平常只要我一坐進客廳，奶奶就開始「念古經」，說起從前種種，我的耳朵也好像裝了一個「自動關門」會自己關上，好讓我專心地看報紙。

但是自從學了拼布繡花以後，大概是因爲奶奶「說」得一口好繡花，我總是束起耳朵認眞地聽她說些什麼。

奶奶年輕當小姐、少奶奶的時候，根本沒進過廚房，也沒拿過針線，可是正好她的丫嬛和老媽子女紅都特巧，再加上以前人做衣服都時興自己挑布料請師傅量身定做，那種從小訓練出來對布料和顏色的品味眞的是沒話講，有幾次我聽她說起那時候的衣服怎麼個滾邊，配上同布料的繡鞋，再電個頭髮，用怎樣的水粉…聽得我嘖嘖稱奇，想不到那個年代的次文化竟然會有辦法精緻到這種程度。

今天可能是穿金戴銀講膩了，看到我在縫一隻蟬，奶奶興致來了開始說起當年逃難的歷史。

那一年奶奶拖著三個孩子和重病的婆婆逃到四明山，奶奶的鄉音很重，其實我也不確定那座山的名字怎麼寫，反正就是逃難逃到一座山裡。

平常讓人伺候慣的奶奶，一下子要照顧三個小孩和一個老人家，她實在有點手足無措；

更慘的是，在逃難的路上還聽說爺爺好像死在海南島，由於山裡頭對外橋樑中斷，外界音訊全無，想查都不知如何查。

爸爸那個時候也才十歲，卻知道自己是長子要多擔待些，裡裡外外幫了六神無主的奶奶不少忙。

奶奶說那時候家裡面吃的米，全靠爸爸走上好幾里的路，一麻袋一麻袋地揹回家。橋斷了，爸爸還要涉水或是拉著只有一條麻繩的索橋，再扛上大米袋，將白米送回家。過了湍急泥濘的河流，爸爸還會對著山裡頭一直大喊：「媽，我平安到家了！」，好讓在大老遠外的奶奶可以早些安心。

奶奶講到這裡，臉上堆滿了欣慰的笑容，沈湎於舊日時光中，常常忘了繼續再和我說些什麼。

長久以來，我心中一直有個疑惑，百思不得其解。

爸爸每天固定早上八點鐘打電話給奶奶，不過是問個好，不是什麼了不起的大事，可是奶奶就是覺得她這個兒子最貼心、最瞭解她。

原來在這些經歷過戰亂的人心裡，平安就是最大的福音。

在這安靜的片刻，我繼續拾起手裡的碎花布，可是這交織的一針一線，此刻好像平整了我對爸爸的不諒解，接縫出我內在的溫暖與同理心，在這才不過手心大的方圓內，照見了我所經歷過生命最大的深度與寬慰。

◇

就在我將蟬的眼鏡包寄給老爸後不到一個星期。

一天早上，奶奶在客廳裡和老爸講那早上八點鐘的電話，我在院子裡看著我們家這一大棵玉蘭花樹。

看著一朵朵從枝葉末梢伸出的嫩白小花，那包著葉子捻著露水的玉蘭花苞，我掐指算算，從海豚島回來也兩年了。

這時奶奶也走到院子裡，她說：「妳爸說，妳那個蟬的眼鏡包手工做得眞細，他每天都掛在脖子上喔！」

想到一隻蟬掛在老爸胸口的那個畫面，眞的還不是普通的土，因爲我這次用的布料其實蠻像一般少數民族的配色，實在不敢想像這掛在西裝或休閒服上的景象，但不知怎麼搞的，即使覺得很俗，但想到那畫面，我的心窩就有那麼一杓蜜在那裡盪著。

奶奶接著說：「而且蠻奇怪的，妳爸突然要調職，離我們這裡還蠻近的，以後他可以常常回來囉！」

刹那間，我的內心閃過一道光，在此刻我恍然大悟：「這一點都不稀奇，因爲我的心願意接近爸爸，他當然會調到離我比較近的地方，就是這麼簡單啊！」

在這個夏日的早上，我聽到了幸福鈴聲。

當第一朵玉蘭花開，一個遠古的調子在花心裡響起，我的心裡也有一個痊癒的調子起了共振，我很淸楚這就是幸福鈴聲，是能夠感動人、最柔軟最用心的聲音。

一陣不算大、夾著太陽味的醺風，挑起幾朵貼不穩的玉蘭花瓣，從我家這個巷子底吹向頭，這一路上像個髮簪，梳過沒有打結的巷道，那種順暢加上暑假中巷道裡脆亮的兒童笑聲，我看到一整條巷子的五線譜，還有鑲著淡香淸響節奏的音符。

後語

這個故事我大概寫了兩年半，原本是一頭俐落短髮，由於每次都嚷嚷要等到故事寫完後再去剪頭髮，以此明志，如今髮已長及肩下。

對我而言，早就不在意找到的到底是不是人家說的那個幸福鈴，因爲眞正值回票價的是，我終於明白了什麼叫做「是我和宇宙共同創造了幸福鈴」！

在整個尋找的過程中，我親身體驗到，目前擁有的一切，是由於先前的選擇和決定，如果想要的話，當然可以更好。

我發展出對自己更深層的信任，這種信任還包括對宇宙，這個我所玩過最大最精密的電動玩具。

這個故事到這裡是結束了，我很感謝好朋友小櫻櫻，她可是《幸福鈴》的第一個讀者。

每個禮拜我都會找一個上午，和小櫻櫻到公園，我們拿著白土司，餵一口魚、餵一口鴿子，順便餵兩口自己，玩玩溜滑梯，騎騎小木馬後再開始說故事。

我們兩個都很喜歡每個禮拜的說故事時間，她只要一看到我就會高興的手足舞蹈，口裡喊著：「耶！耶！」，然後自己去拿她的皮包、鞋子、奶瓶、餅乾、熊熊玩偶⋯她的那一堆「財產」，然後準備出門。

這個故事我寫了兩年半，大約寫到一半的時候，我開始講書裡的故事給小櫻櫻聽。剛說故事時，她才要滿兩歲，現在已經是個快要三歲梳著麻花辮又很會跳舞的小美女了。

我本來以爲這個故事對於一個小嬰兒來說可能太複雜了，我經常會挑一些比較簡單的片段說給她聽，有時還會在公園的沙地上，畫圖跟她說明。她對於我說的每一個段落永遠充滿了意見，還會自己改編故事再說給我聽，眞不知道是誰說故事給誰聽！

有一回她一本正經的對我說：「珮琪，我跟妳說喔，下次妳碰到海豚的時候，妳要記得跟海豚說，謝謝你的招待，下次我再來玩！」

我也很認眞的回應她：「喔！寶貝妹妳眞是個有禮貌的小朋友耶！可是幹嘛要這麼講啊？」

她抿抿嘴理直氣壯地說：「然後妳再帶我去啊！」

我覺得她眞的很有本事，有那麼多屬於自己的看法，並且很寶貝很寶貝她所有的意見，袒護屬於她的眞理。

這個特質，對於寫作《幸福鈴》的我來說，是最眞實的鼓勵。

交稿的這一天，我到她家去玩，她爸爸媽媽在打掃房間，我們倆就到附近大學內的禮拜堂去聽管風琴演奏，她硬說那是鋼琴，還隨著威嚴渾厚的管風琴聲跳起慢舞。

突然她停了下來想起什麼似的，一板一眼的說：「珮琪，我跟妳說喔！妳以後要送一台鋼琴給我喔！」

在最接近天堂的管風琴聲見證下，我發誓說：「好啊，我就把我的那台鋼琴送給妳啊！」是從這台鋼琴開始，我找到了屬於我的幸福鈴，我摸摸她的鼻子說：「妳會找到妳的幸福鈴，同時妳還會發現，生命眞的是有趣！」

她似懂非懂地對我應了一聲「喔！」

而我也知道，我的確是有資格這樣說。

105 台北市南京東路四段25號11樓

廣告回信
台灣北區郵政管理局登記證
北台字第10227號

大塊文化出版股份有限公司　收

請沿虛線撕下後對折裝訂寄回，謝謝！

地址：＿＿市／縣＿＿鄉／鎮／市／區＿＿路／街＿＿段＿＿巷

＿＿弄＿＿號＿＿樓

姓名：

大塊 LOCUS 文化

編號：CA029　書名：幸福鈴

大塊 LOCUS 文化

讀者回函卡

謝謝您購買這本書，為了加強對您的服務，請您詳細填寫本卡各欄，寄回大塊出版(免附回郵)即可不定期收到本公司最新的出版資訊。

姓名：______________________ **身分證字號**：______________________

住址：____

聯絡電話：(O)____________________ (H)____________________

出生日期：______年______月______日 E-mail: ____________________

學歷：1.□高中及高中以下 2.□專科與大學 3.□研究所以上

職業：1.□學生 2.□資訊業 3.□工 4.□商 5.□服務業 6.□軍警公教 7.□自由業及專業 8.□其他________

從何處得知本書：1.□逛書店 2.□報紙廣告 3.□雜誌廣告 4.□新聞報導 5.□親友介紹 6.□公車廣告 7.□廣播節目8.□書訊 9.□廣告信函 10.□其他____________

您購買過我們那些系列的書：

1.□Touch系列 2.□Mark系列 3.□Smile系列 4.□Catch系列

5.□PC Pink系列 6□tomorrow系列 7□sense系列

閱讀嗜好：

1.□財經 2.□企管 3.□心理 4.□勵志 5.□社會人文 6.□自然科學 7.□傳記 8.□音樂藝術 9.□文學 10.□保健 11.□漫畫 12.□其他_____

對我們的建議：____

____

____

LOCUS

LOCUS